共和国故事

山川让路

——内昆铁路设计施工与建成通车

张学亮 编写

吉林出版集团股份有限公司

图书在版编目（CIP）数据

山川让路：内昆铁路设计施工与建成通车/张学亮编. —
长春：吉林出版集团股份有限公司，2009.12

（共和国故事）

ISBN 978-7-5463-1848-6

Ⅰ．①山… Ⅱ．①张… Ⅲ．①纪实文学 – 中国 – 当代 Ⅳ．①I25

中国版本图书馆 CIP 数据核字（2009）第 233795 号

山川让路——内昆铁路设计施工与建成通车

SHANCHUAN RANG LU   NEIKUN TIELU SHEJI SHIGONG YU JIANCHENG TONGCHE

编写　张学亮

责任编辑　祖航　李娇

出版发行　吉林出版集团股份有限公司

印刷　三河市嵩川印刷有限公司

版次　2010 年 1 月第 1 版　　　　2022 年 1 月第 8 次印刷

开本　710mm×1000mm　1/16　　　印张　8　字数　69 千

书号　ISBN 978-7-5463-1848-6　　　定价　29.80 元

社址　吉林省长春市福祉大路 5788 号

电话　0431 – 81629968

电子邮箱　tuzi8818@126.com

版权所有　翻印必究

如有印装质量问题，请寄本社退换

前　言

　　自1949年10月1日中华人民共和国成立至今，新中国已走过了60年的风雨历程。历史是一面镜子，我们可以从多视角、多侧面对其进行解读。然而有一点是可以肯定的，那就是，半个多世纪以来，在中国共产党的领导下，中国的政治、经济、军事、外交、文化、教育、科技、社会、民生等领域，都发生了深刻的变化，中国人民站起来了，中华民族已屹立于世界民族之林。

　　60年是短暂的，但这60年带给中国的却是极不平凡的。60年的神州大地经历了沧桑巨变。从开国大典到60年国庆盛典，从经济战线上的三大战役到经济总量居世界第三位，从对农业、手工业、资本主义工商业的三大改造到社会主义市场经济体制的基本确立，从宜将剩勇追穷寇到建立了强大的国防军，从废除一切不平等条约到独立自主的和平外交政策，从"双百"方针到体制改革后的文化事业欣欣向荣，从扫除文盲到实施科教兴国战略建设新型国家，从翻身解放到实现小康社会，凡此种种，中国人民在每个领域无不留下发展的足迹，写就不朽的诗篇。

　　60年的时间在历史的长河中可谓沧海一粟。其间究竟发生了些什么，怎样发生的，过程怎样，结果如何，却非人人都清楚知道的。对此，亲身经历者或可鲜活如昨，但对后来者来说却可能只是一个概念,对某段历史的记忆影像或不存在,或是模糊的。基于此,为了让年轻人,特别是青少年永远铭记共和国这段不朽的历史,我们推出了这套《共和国故事》。

《共和国故事》虽为故事,但却与戏说无关,我们不过是想借助通俗、富于感染力的文字记录这段历史。在丛书的谋篇布局上,我们尽量选取各个时代具有代表性或深具普遍意义的若干事件加以叙述,使其能反映共和国发展的全景和脉络。为了使题目的设置不至于因大而空,我们着眼于每一重大历史事件的缘起、过程、结局、时间、地点、人物等,抓住点滴和些许小事,力求通透。

历史是复杂的,事态的发展因素也是多方面的。由于叙述者的视角、文化构成不同,对事件的认知或有不足,但这不会影响我们对整个历史事件的判断和思考,至于它能否清晰地表达出我们编辑这套书的本意,那只能交给读者去评判了。

这套丛书可谓是一部书写红色记忆的读物,它对于了解共和国的历史、中国共产党的英明领导和中国人民的伟大实践都是不可或缺的。同时,这套丛书又是一套普及性读物,既针对重点阅读人群,也适宜在全民中推广。相信它必将在我国开展的全民阅读活动中发挥大的作用,成为装备中小学图书馆、农家书屋、社区书屋、机关及企事业单位职工图书室、连队图书室等的重点选择对象。

编　者
2010 年 1 月

目 录

一、 中央决策与规划

● 江泽民指出：在贫困的大西南，修建铁路的
　历史使命将继续下去。

● 朱镕基表示：目前主要抓 4 条铁路的建设，
　一是南昆，二是株六，三是内昆，四是
　南疆。

● 国务院指出：要统一规划，统一布局，复工
　建设内昆铁路。

中央计划修建内昆铁路

1996 年 6 月，江泽民在西北考察时提出：

现在是开发西部的最佳时期。

1996 年 10 月 25 日，江泽民视察贵州省毕节和六盘水地区，听取了昭通、毕节、六盘水、宜宾四地市要求复工修建内昆铁路的情况汇报。

江泽民沿着山路，来到一个少数民族聚居地，他见乡民们住的是低矮的茅草房，缺吃少穿，家里连张像样的床和被子都没有。

江泽民心情格外沉重，他把一床床新被子送到这些贫困村民手上。随后，江泽民对当时陪同他的铁道部部长韩杼滨说：

一些地方坚持开发式扶贫和自力更生、艰苦奋斗的方针是对的。但是还要坚持政府扶贫与社会参与相结合，发挥资源优势和加大科技投入相结合的方针，发挥铁路扶贫的优势，打一场扶贫攻坚战。

江泽民明确指出：

> 在贫困的大西南，修建铁路的历史使命将
> 继续下去。

这样，内昆铁路建设也就自然而然地列入了党中央的议事日程。

与此同时，时任国务院总理李鹏视察四川宜宾，宜宾地委、行署的领导向李鹏汇报说：

> 宜宾要搞的重点工程很多，但最重要的是
> 内昆铁路复建。

李鹏当即对内昆铁路建设做了重要指示。

早在20世纪80年代，邓小平就提出中国经济发展要照顾两个大局：

> 第一大局是先加快东部地区的对外开放；
> 第二大局就是要带动西部地区的大发展。

从新中国成立之初，国家就非常重视西部的发展。内昆铁路续建之前，共进行过3次西部大开发。

第一次开发高潮是在20世纪50年代。新中国成立初期，为逐步改变旧中国遗留下来的极端不合理的生产力

布局，在全国各地适当地调整了工业的生产布局，国家集中力量对西部地区进行了第一次大开发。

在新疆成立建设兵团，屯田戍边，同时号召全国人民积极支援西部地区建设。但是，那次的西部大开发，无论是工业还是农业，都带有强烈的、史无前例的"拓荒"色彩。

第二次是20世纪60年代中期开始的"三线"建设。20世纪60年代，国际有了新的变化，首先集中建设大三线，作为全国战略的大后方。从立足于早打、大打、打核战争战略角度出发，规划经济建设。对沿海企业实行"停""缩""搬""分""帮"政策，少数国防尖端工业按"靠山、分散、隐蔽"的原则建设。

1965年，三线建设全面展开，大批量沿海企业的技术管理人员从四面八方迁移到了千百条沉睡的山沟里，前后持续了17年。这次巨额、密集的资金投入和沿海企业的大规模迁入，又一次把现代经济植入西部。

1977年至1983年，当时的云南省委书记安平生到昭通考察后，向新华社记者发表谈话，建议国家统一开发金沙江下游资源。新华社以《国内动态》上报中央，胡耀邦、李鹏、安平生做了重要批示。

1984年5月，国家计委对金沙江下游进行考察，国务院下发文件，指出：

　　要统一规划，统一布局，复工建设内昆

共和国故事·山川让路

铁路。

现在，国家又把第三次西部大开发的热潮掀起。西部大开发，是关系中华民族长远发展的战略之举，是以江泽民为核心的党中央根据邓小平关于我国现代化建设"两个大局"的战略思想，面向新世纪作出的重大决策。

西部不发展，就会造成整个国民经济的严重失衡。"九五"以来，内需不足成为一个非常突出的矛盾。西部有 2 亿多人，但社会商品零售总额只占全国的 13%，西部的购买力要比全国平均水平低 47%，还赶不上沿海农村地区的一半。

交通不便造成闭塞和贫困。据 1995 年统计，昭通地区附近 27 个县，21 个为贫困县，人均年收入不足 300元。因为路难行，山货出不去，信息进不来，山民们过着几乎与世隔绝的生活。

西部大开发，也是扩大国内需求，促进国民经济持续、快速、健康发展的重大举措。

距昭通市区 20 多公里的宁边村，是中央领导曾经视察过、并给予很大帮助的村庄，这里盛产洋芋，但运输问题一直困扰洋芋销路。

村支书王登容给记者算了一笔账：用汽车把洋芋从宁边运到四川内江、重庆等地，每吨运费需 180 元。

王登容对人说："我们在运费上损失不少，依托铁路运输，不但快捷方便，而且经济实惠。"

王登容还说："另一个受惠的产业是无烟煤，无烟煤在昆明每吨售价高达 228 元，但在宁边出矿价仅为每吨 60 元。运输的难度是造成高额差价的主要因素。"

党中央实施西部大开发的战略决策，给铁路大会战带来了难得的大好机遇。

宜宾解放前没有一条铁路。清末，政府筹资修筑川汉铁路、成渝铁路，铁路最终没有修成，但宜宾人却被强征了一笔笔修路款。

民国时期，云南和宜宾人民渴望修筑叙昆铁路，也被国民政府征派了粮、税无数。后仅于 1939 年 6 月 1 日开工，在宜宾南岸坝黄葛坡设立机关，以毛某为叙昆铁路材料厂厂长，规划两年之久。结果，只建成一段长约 0.25 公里的路基，建成一个简陋的涵洞而已。后来，借口日机轰炸而停工。

宜宾解放后，1952 年 7 月成渝铁路通车后，国家即派出勘测人员前来宜宾，对当时设计的内昆铁路线进行了勘测设计。

1953 年，一批苏联专家也参加了此项工作，后决定先修内宜段。

1956 年 1 月 15 日，内宜段铁路在江北吊黄楼正式开工。

1956 年秋冬，内宜线上最大铁路桥宜宾岷江铁桥，在宜宾城北岷江对岸锁江石和城北半边寺之间动工。

1957 年夏初，内江至自贡段建成。

1958 年 5 月 23 日，全长 112 公里的内江至吊黄楼段铁路竣工。地、市、县各界举行庆祝会。从宜宾吊黄楼开出的首次列车直驶内江。

　　1958 年 10 月 1 日，主桥长 364 米的岷江铁路大桥和长 513 米的真武山隧道竣工，宜宾火车站正式营运。宜宾第一条铁路内昆铁路内宜段建成。

　　西部大开发，铁路要先行。交通已经成为西部地区经济发展的障碍，全国 14 个铁路局，西部仅有 6 个。新中国成立前，西部地区铁路只有 1000 公里。

　　新中国成立以后，国家对西部地区铁路建设十分重视，相继建成了成渝、成昆、南昆等 20 多条铁路，运营里程达到 1.6 万公里，是新中国成立前的 16 倍。

　　铁道部部长傅志寰说：

　　　　中国铁路要站在现代化建设全局和战略高度，积极实施党中央关于西部大开发的重大决策，不失时机地为推进西部大开发做好先锋。"十五"期间，西部铁路投资 1000 亿元，到 2005 年，西部铁路将达到 1.8 万公里，占全国总里程的 24%，新增铁路 3100 公里。

　　1997 年 9 月 1 日，云南省昭通地区行署、四川省宜宾市人民政府、贵州省毕节地区行署、六盘水市人民政府，给李鹏写了这样一封信：

尊敬的李鹏总理：

内昆铁路安边至梅花山段在您的亲切关怀下，加快了前期工作步伐。于去年3月通过了铁道部主持的可研报告评审，修改补充后的可研报告已经完成；通过今年8月中国国际工程咨询公司专家组在现场考察基础上对项目建议书的评估，评估报告即将报国家计委；初步设计已经完成，并在今年6月经铁道部鉴定中心专家组现场考察，提出修改意见后，已修改定稿，准备接受铁道部主持的部内评审。

当前影响内昆铁路进程的主要问题有两个：

一是资金及资本金的落实问题……

二是业主落实问题……

上述问题是内昆路安梅段审查、立项中的重大问题，也是影响整个工作进程的两大难题。三省不可能出面协调三省之间的关系，铁道协调也难以奏效。由哪一个省去向国家计委汇报，出于种种顾虑，也难办到。

为此，我们内昆铁路沿线地、市政府向总理建议：请总理指示国家计委领导出面，召集一部三省领导参加协调会，解决有关问题。

内昆铁路是川、滇、黔三省的资源开发路，也是沿线贫困地区人民的脱贫路、致富路和幸福路。由于内昆线是经四川盆地爬升至云贵高原的山区铁路，其地形地质复杂、工程艰巨、造价较高，在建设资金筹措和以后运营初期将会遇到一定困难。因此，我们建议国家在内昆路建设上给予特殊优惠政策：

一、云贵川三省出资的建设资金仍按 10 亿元承担。

二、建议增加国外低息贷款用量。

三、建议使用国家开发银行贷款部分给予适当延长还款期和降低利息的优惠。

我们热切盼望内昆铁路能够在今年开工并建设。

请总理放心，一旦国家决策内昆铁路开工建设，我们沿线地方政府将齐心协力，采取一切有力措施，千方百计，竭尽全力支持铁路建设，在大西南"建百年奇功、创千秋大业"的壮举中作出应有的贡献。

不久以后，内昆铁路建设终于列入了党中央、国务院的议事日程。

朱镕基视察内昆沿线

1995年深秋，时任国务院副总理的朱镕基来到内昆沿线的昭通地区视察。

1995年10月6日下午。浓雾和毛毛雨如同往常一样笼罩着偏僻贫穷的宁边村。

村民们觉得今天好像有些不寻常。许多小汽车驶过崎岖和泥泞的道路来到了村里，平时很少有这么多外地人一起来，于是大家离开了朝夕相伴的火塘，好奇地围到了村中央。

这群外地人下了车，一位官员率先朝围观的村民走来，脸上充满了慈爱的笑容。

有人向大家介绍，这就是国务院副总理朱镕基。一个年轻的村民悄悄说他在电视上见过了，不过大家不知道朱镕基为什么要来宁边村，来干什么。

朱镕基用带点湖南口音的普通话向村民们询问："大家都是什么民族？""这里粮食收成怎么样？够不够吃？"

一名大约5岁的小女孩挤在人群中好奇地仰望着正在发生的一切。

朱镕基伸出宽大的手掌握住了她的小手。他问小姑娘："你叫什么名字呀？"

小女孩眨眨眼，并不害怕，她对朱镕基说："我叫小琴琴。"

朱镕基弯下腰把耳朵凑近小女孩："叫小琴琴吗?"

"是的。"

随后朱镕基直起身，笑了。舒心的笑声在清凉的空气中荡漾。

回族老人马二健坐在低矮漆黑的茅草屋里，围着火塘取暖，这样的日子他已经过了70多年了。

朱镕基弯腰低头才得以进入他的屋中。马老人告诉朱镕基自己每年只有100多块钱收入，有300公斤主粮收成，但主要是洋芋，只够吃半年，每年都要领用政府的补给，油盐钱只能靠卖鸡蛋换来。

朱镕基向屋子里打量一圈，他看到马二健的家里只有一口破锅和用几块木板支起的床铺。

大家发现，朱镕基从马二健家出来时，脸上没有了笑容，嘴唇紧闭着，嘴角两边的沟纹更深了。

村民杨长才前几日被马踢伤了左腿，到现在还站不起来。

朱镕基挨着他坐到了火塘边的木板上，火塘里火光红红的，塘边上正烤着洋芋。

朱镕基就这样和杨长才一问一答交谈起来：

"早上吃什么?"

"吃洋芋。"

"午饭吃什么?"

"吃洋芋。"

"晚上吃什么？"

"吃洋芋。"

"一天三顿都吃洋芋吗？"

"是的。"

朱镕基的眼睛蓦地湿润了，他在这阴暗的茅草屋里待了20多分钟。朱镕基一边询问，一边思考，嘴唇紧紧地咬着。

朱镕基弯腰走出这低矮的茅草屋，他和夫人劳安掏出400元钱留给了杨长才，留给了宁边这个贫穷的高原小山村。

小龙洞乡乡长马明亮那天穿上了自己唯一的中山装，尽管衣服有些旧了，却是当时他最好的衣服了。

马明亮在一旁听完朱镕基对杨长才的问话，觉得很平常，但他却诧异地看见朱镕基眼眶里转动着泪花，在火光映照里闪烁。

宁边村公所属当地的"办公机构"，房屋依然破烂不堪。不久前村里有了一笔钱，却先盖了小学教学楼。

听到消息的老师和学生在新建的钢筋混凝土教室前拼命向朱镕基挥手和鼓掌。朱镕基向师生们挥手致意后伸出了大拇指："希望就在这里！"

后来朱镕基和乡村干部们合影留念。随后，朱镕基坐到了起程的车里，就要离开这个小山村了，但他的心却怎么也平静不下来。朱镕基打开车窗，看到窗外是衣衫褴褛的贫困村民，他们都在风雨和浓雾中表情复杂地静静围观，身后是破旧的房屋。

朱镕基鼻子一酸，大滴大滴的眼泪终于忍不住涌出了眼眶……

村民们第一次见到共和国的总理流泪，他们心里也牢牢地记住了这一幕。

随行的中央领导和地方领导都说，西南之所以如此困难，主要是因为这里97%是山地，而且多为高寒地区，交通极为不便。

他们认为，要改变这里贫穷落后的面貌，使大西南的人民走出封闭的大山，走进现代生活，就要改善和加强交通基础设施建设。

回昭通的路上，朱镕基一言不发。他心里在想：人均收入不足100元，一年收的洋芋、苞谷还不够一家人吃半年。这样的人家，宁边718户中就有610户，昭通总人口中就有192万。

6日晚，朱镕基和中共云南省委领导以及昭通地区领导谈话一直谈到深夜。

第二天8时，朱镕基听取各方面汇报。按计划，10时朱镕基一行将飞赴下一站德宏，汇报会只能开到9时30分。但在9时时，从德宏传来消息：那里正在下大雨，而且雷电交加，预计15时以后才能降落飞机。

汇报会延长了一会儿，朱镕基一行看了录像片《贫困的昭通》，听取了地委、行署的汇报。

杨传江专员汇报说：

昭通交通不便，制约了经济发展，成为贫困的主要原因，因此要求复工建设内昆铁路。

朱镕基一边听，一边在地图上查看着内昆铁路的地理位置和线路走向，详细了解有关情况。

最后朱镕基说："昨天看了一些贫困的家庭，大家都感到非常难过，非常同情。当时的心情就好像是身上带有多少钱，都想全部掏出来，给这些贫困的兄弟。但这是感情不是改革扶贫，扶贫要靠中央的政策。"

朱镕基把扶贫归纳为4句话：

自力更生，生产自救，各方支持，共同富裕。

朱镕基稍事停顿，又说：

昭通的困难在什么地方？关键是交通不便，97%的山区交通不便，而且是高寒地带。因此，中央和地方要共同来解决，逐步解决昭通地区的交通问题。路不通，昭通就无法富裕起来。因此，我赞成刚才所讲的恢复内昆铁路的建设，赶快修通这条铁路。南昆铁路明年是高潮，后年可以建成，就可以把这支队伍调上去建设内昆线，在 1999 年底把内昆线建成通车。请陈同海同志回去和铁道部商量做好这个可行性研究。

朱镕基离开昭通后，仍牵挂着内昆铁路这条扶贫线。11 月 15 日，他来到广西百色，在南昆铁路建设汇报会上，发表了"铁路建设要雪中送炭"的讲话。他说：

> 建设铁路要多考虑雪中送炭，不要急于锦上添花。最近我到云南昭通地区去看了一下，人均年收入只有260多元，最穷的只有100多元钱，真是苦，看了以后，我们都掉了眼泪。在那里我跟计委等有关部门商量，大家同意恢复内昆铁路的建设。这路一通，云南就有两条出省的通道，昭通地区的贫困才能够解决，这叫雪中送炭。

朱镕基强调说：

> 修几条战略性的铁路，来解决边疆和少数民族地区以及经济落后地区的问题，意义非常重大，这是一个投资方向、战略方向的问题。为了巩固中国的民族团结和国家的统一，为了缩小东西部地区的差距，现在做这个工作是非常重要的，是子孙后代都会记住的，也是为了

子孙后代留下的丰碑。

1996 年 5 月 4 日，朱镕基再次吐露他的心声：

> 我目前主要抓 4 条铁路的建设，一是南昆，二是株六，三是内昆，四是南疆。

1998 年 2 月 6 日，铁道部向国家计委上报《1998—2002 年铁路建设计划建议》。

2 月 7 日，朱镕基在铁道部专报上专门写上"内昆线"，提醒铁道部重点安排，并指示道：

> 规模似可，关键在今年要抓紧。

1998 年 3 月 8 日，昭通地区行署在《信息专报》上报送了《昭通行署贯彻落实朱副总理视察昭通时所作指示的情况》，朱镕基看完后，在《信息专报》上批示：

> 告昭通地区负责同志，我已看到简报，希共同努力，为昭通脱贫而奋斗。

3 月 17 日至 20 日，就在朱镕基作出批示 9 天后，国家开发银行党组书记、副行长屠由瑞，与铁道部副部长蔡庆华率开发行和铁道部有关部门负责人、专家 29 人，到云南、贵州、四川省现场调查，对内昆线的线路走向、等级、技术标准、资金配置、组织领导、实施步骤等进行现场定案。

3月28日，铁道部召开加快铁路建设动员大会，作出的新部署是：

> 决战西南，强攻煤运，建设高速，扩展路网，突破7万。内昆铁路是"决战西南"的首战目标，并列为五年计划11项重点工程之一。

成立内昆线工程指挥部

1998 年 5 月 8 日，铁道部内昆铁路指挥部在昆明举行了简单的挂牌仪式。

云南省副省长牛绍尧亲自为指挥部揭牌，并宣布内昆铁路大会战即将打响。

指挥部有人写了一副对联，表达他们要坚决把内昆铁路修建成功的志愿：

> 决战西南再展筑路者风采，
> 建设内昆造福云贵川人民。

早在 1998 年 3 月下旬，铁道部召开"加快铁路建设动员大会"，作出"决战西南"的部署，将修建内昆铁路作为决战西南的重要组成部分。

3 月 30 日，铁道部决定成立内昆铁路指挥部。

紧接着，铁道部下达了领导成员任职令，并确定了"4 月组建班子，5 月完成招投标，6 月重点开工"的近期工作目标。

4 月 7 日至 13 日，指挥部全体领导成员率有关技术人员与铁二院总体设计负责人一道，进行了全线施工调查，决定了"一站""一场""四桥""五隧"为第一批开工工点。

4 月到 5 月，先后向云南、四川、贵州省人民政府领导汇报了铁道部加快内昆铁路建设的部署。

此前调查时，还同六盘水市、毕节地区、昭通地区、宜宾市进行了商谈，得到了地、市、县领导的支持。与铁二院多次会商，确保 6 月开工设计文件的及时供应。

4 月、5 月，铁道部指挥部先后与中国铁路工程总公司、中国铁道建筑总公司和成都铁路局 3 个施工总承包单位签订了总承包协议，并组织了招投标工作。

5 月 6 日，监理人员进点，决定建设指导思想是：

总体设计、固本简末、逐步完善、加快建设，在总工期内修建一条高质量的山区铁路。

铁道部内昆指挥部提出全线施工组织的总体部署是：

南北齐进，全线展开；突击越岭，猛攻重难；站前站后，统筹安排；奋战 4 年，全线建成。

同时，铁道部内昆指挥部还提出了质量目标：

依靠科技进步，强化项目管理，增强质量意识，狠抓质量通病，建设精品工程，争创全线优质。

铁道部内昆指挥部提出内昆铁路工程特点为：

桥隧密，桥墩高，限坡大，地势险，地质差，气候恶。

铁道部内昆指挥部还及时制定了 1998 年的工作目标：

6 月重点开工，年内全线展开，首批工程创优，完成投资 10 亿。

铁道部内昆指挥部为了加强内昆铁路建设的组织领导，还成立了内昆铁路领导小组，组长由铁道部派出，副组长由四川省、云南省、贵州省派出，由铁道部计划司、建设司、工程设计鉴定中心，四川、云南、贵州有关厅、局，铁道部内昆指挥部，成都铁路局共 14 个单位组成。

6 月 12 日 8 时 30 分，中国铁路工程总公司内昆铁路工程指挥部挂牌仪式在宜宾金沙江宾馆举行。

中铁总公司总经理秦家铭和宜宾市委书记高万权为内昆铁路工程指挥部揭牌。

二、 铁路勘测与设计

● 孙中山指出：富强之策全借铁路交通，亟宜从速兴筑。

● 云南、贵州、四川三省四地、市的领导立誓：不争取到复建立项，就无颜见江东父老。

● 贵州威宁彝族回族苗族自治县县委决定：我们很穷，不修通内昆铁路我们还会穷下去。只要国家决定复工建内昆，我们县百万人民……都要支持内昆铁路建设！

早期勘测设计内昆铁路

早在 1905 年，滇越铁路即将修通时，爱国士绅陈荣昌就会众集资白银 5000 万两策划修筑内昆铁路，并成立了滇蜀铁路公司。

当时，滇蜀铁路公司还聘请了英国籍工程师率领工程技术人员从 1909 年开始勘测，1911 年测量完毕，提出了修筑滇蜀铁路的初步方案。

这也是最初的内昆铁路，线路自昆明起经过嵩明、寻甸、东川、巧家、鲁甸、昭通、大关、盐津、绥江而到达宜宾，当时宜宾还叫叙府。

这时，辛亥革命爆发，清政府垮台，筑路便停了下来，所集股金中的 5000 万两银子，除拨还 100 万两给了铁路公司以外，其余都耗费尽了。

民国初年开始修叙昆线，孙中山先生也曾在他的建国方略中提出了修筑内昆铁路的宏伟计划，确定了线路。

孙中山指出：

> 交通为实业之母，铁道又为交通之母。国家之贫富，可以铁道之多寡定之；地方之苦乐，可以铁道之远近计之。

孙中山针对西部交通落后的情况痛切地指出：

  今日之中国，麻木不仁之中国也，其受病
之源，则由于交通不便。

孙中山就任中华民国临时大总统后，立即颁布命令，指出：

  富强之策全借铁路交通，亟宜从速兴筑。

1923 年，西南交通司拟建 4 条铁路的计划呈报省政府：一、由省城直达海岸之滇邕线；二、由省城连接迤西各大镇之线；三、由省城达长江之滇蜀线；四、由迤南连接海岸之线。

又过了 30 多年，抗日战争时期，在时任云南省主席的昭通人龙云的再三建议下，蒋介石也同意修建内昆铁路。

1937 年 10 月，民国政府征得川滇两省政府主席同意，由两省各出资法币 500 万元，中央出资 1000 万元，合资修建叙昆铁路。

1938 年 9 月，正式组成川滇铁路公司理事会，下设总经理处管理业务，并设叙昆铁路工程局专办兴工，有 7 个测量队和 15 个工程总段担任勘测设计和施工。

1939 年 1 月，四川省政府派踏勘队踏勘西线，线路沿金沙江经屏山、雷波、巧家，改沿小江经功山、嵩明至昆明，九跨金沙江，工程很艰巨。

交通部派踏勘队踏勘东线，线路自泸州兰田坝经叙永、毕节、威宁、宣威、曲靖至昆明，地形起伏大，工程也很困难。

4月，交通部踏勘队重点勘察了美籍工程师多莱的初测线，也叫中线。另外还踏勘了昭通至威宁线。

6月，交通部踏勘队勘测大湾子经彝良直趋威宁线。

经过比较，勘测队推荐自宜宾经阜镇，溯江而上经过盐津、大湾子、彝良至威宁，再经宣威、曲靖至昆明的中线与东线结合的方案。

1940年7月，完成全部初测。1941年7月，又完成了线路经过昭通的昭通方案。

当时云南省和昭通地区的士绅们都力争昭通方案，交通部于1941年秋决定采用昭通方案，线路绕长83公里。

以上线路有的段落已经建成，有的段落不得不因抗日等诸多复杂原因而被迫停工。

勘测过的铁路专家都说，就地形的困难、地质的复杂来说，内昆铁路堪称西南第一，远甚于成昆线和南昆线。

新中国成立后，再度提出建设内昆铁路。

1952年7月成渝铁路通车后，国家即派出勘测人员前来宜宾，由铁道部西南设计分局再行设计，大部分人员常驻小北街"地专机关招待所",对当时设计的内昆铁路线进行了勘测设计。

西南铁路工程局勘测四川至云南的铁路,利用叙昆铁路补测和草测资料,线路共有东、中、西3个方案。

1953年,一批苏联专家也参加了此项工作。1954年形成初设方案交铁道部论证鉴定,当年9月选定内江昆明铁路为成昆东线。1955年年初,鉴定内江至宜宾段后决定先修内宜段。

1956年年初,铁道部确定成昆、内昆是两条干线,东线方案定名为内昆线。7月铁二院编制内昆线设计书。其中又有两个方案:第一为彝良直抵威宁方案;第二为不经过威宁,只经过昭通。岔河至威宁间又有彝良、昭通两个方案。

昭通方案从岔河至高桥直线距离只有30公里,但高差达到1200米,地形异常复杂,展线工程艰巨,工程浩大。经过综合选线,决定采用彝良方案。

1956年,彝良段再由云南勘测队勘测核定,由成都铁路局二八工程局、第一隧道工程处承建。铁路局办公室设于县城东正街234号。

本着国家"全民办铁路"的精神,地方大力支持铁路建设,县成立铁路建设委员会指挥部,指挥部由13人组成。指挥长张开榜,副指挥长许志仁、陈天才。办公室设在县政府内。

1956年开工建设。北段内江至安边140公里于1960

年通车；南段梅花山至昆明 370 公里于 1965 年建成，成为贵昆线西段；中段于 1962 年因故停工。

这次，内昆铁路又经过了多年的艰苦施工，却因国力不济，尤其是苏联撤走专家、带走图纸，而被迫搁浅，只留下些半截桥墩散落于洛泽河里。

安边树舍段停工之后，历届各级党委、政府争取复工，各族人民企盼复工。1966 年和 1967 年，铁四院对安边威宁的施工进行调查。1967 年，铁二院、铁道兵司令部主持审查经彝良的洛泽河方案，与经过昭通的方案比选，决定采用昭通方案。

可以说，自内昆停工后，国家对该线的勘测、研究、设计工作从未间断过，仅 1962 年至 1997 年，就进行了 14 次勘测、设计和上报。

1986 年 8 月，国家将内昆列为建设计划。12 月，国家建设银行委托四川分行编制评估报告，并推荐昭通方案。

1987 年 3 月，国务院"三线办"召集云、贵、川三省，昭通、毕节、六盘水、宜宾四地、市在成都开会决定：

将复建内昆路作为金沙江下游开发的启动工程，并成立"四地市"领导小组和办公室，昭通作为组长牵头协调。

1988 年 1 月 5 日，国务院"三线办"周长庆牵头，会同四川、云南、贵州省向铁道部联合汇报。

1988 年，铁二院编制了"可行性报告"。

1991 年，铁二院完成了官寨方案的航测。

1992 年 4 月，国家计委派员在成都开会研究"地方集资问题"。

1994 年，铁二院根据铁道部文件补充编制了"可行性报告"。

可以说，内昆铁路是西南人民的百年梦想。

重新勘测设计内昆铁路

1994 年 12 月 14 日上午，这是一个有着重要纪念意义的日子，昭通地委、行署再度把内昆铁路的复工提上了议事日程。

地委、行署召开专门会议，他们就向上级争取批准的事情进行了专题研究，并拿出了切实可行的具体措施，组建了专门的工作班子，用来协调联络内昆铁路复工的事情。

1995 年，昭通地区行署专员杨传江、常务副专员聂昭诚多次去省城到北京，穿梭于成都和北京之间，向省政府、铁道部汇报。

1995 年 2 月，铁道部召开汇报会。4 月，组织现场调查论证。

云南、贵州、四川省和四地、市的领导立誓：

不争取到复建立项，就无颜见江东父老。

而在此期间，安边至水富段的 4 公里，已经由云南省作为地方铁路于 1996 年建成了。

1997 年 5 月，昭通行署专员杨应楠跑到北京铁二院，请国际咨询公司现场评估内昆线。

6月，铁道部鉴定中心副主任张承育带领专家组到内昆铁路沿线初步设立现场调查。

6月11日，朱镕基对昭通的脱贫发展做了重要指示。8月，中国工程咨询公司专家组到现场评估。10月，铁道部鉴定中心专家组在成都对内昆线方案进行审查。11月，昭通聂昭诚主任赴京汇报。

贵州威宁彝族回族苗族自治县县委讨论后，通过了决定：

> 我们很穷，不修通内昆铁路我们还会穷下去。只要国家决定复工建内昆，我们县百万人民砸锅卖铁，每家每户收鸡蛋卖，都要支持内昆铁路建设！

1998年春，党中央、国务院作出重大决策，决定加大铁路投资，5年投资2500亿元，拉动经济增长。

铁道部"决战西南"的首要战役就是重新修建内昆铁路，现在即将打响。

铁道部第二勘测设计院承担勘测设计内昆铁路任务，按开工时间表"倒排工期"。全线初步设计已于6月7日通过铁道部审查鉴定，各项前期工作进入最后攻坚。

内江至昆明铁路为国家一级干线铁路，全长871公里，其中新建线路358.451公里。

按铁道部最新安排，6月份首批开工点由原定的5个增加到 15 个，大多为重点桥梁、隧道工程。目前，铁道部已调集 8 个工程局的筑路队伍进入现场。

大家认为，就地形而言，内昆线难点在于全线桥墩占线路总长的 53.1%，全线 34 个车站，有 24 个设在桥上或隧道中，桥隧车站占全线车站总数的 71%，大大高于成昆线的 33%。

按照设计，从大关到昭通，桥梁隧道就占线路总长的 80.7%，设计部门一共做了十多个方案，才比选出这个 23.5‰加力坡的新的方案。

而其中，77.4 公里的线路从海拔 701 米爬升到 2088 米，40 公里的直线距离，铁路相对高差达到 1387 米。如此陡峻的工程在国内外实属罕见。

大家在这段线路 3005 米长的黄土坡 3 隧道中，设计了拐 3 个 270 度的灯泡型大弯，进口和出口相距 120 米，高差却有 60 米。

这 3 个大弯分别在两层线路上的彝良站和黄土坡站，直线距离只有 500 米。大家开玩笑说，如果在彝良站误了火车，就这样从容地步行到黄土坡站，火车可能还没有进站呢！

大家还想象到，站在上层线路上，可以俯瞰两列火车同向行驶的奇观。

面对紧迫的工期和艰巨的任务，铁二院院长徐隆发要求全院职工千方百计缩短作业流程，确保开工所需图纸。

自 3 月以来，该院调集勘测、地质、精测、物探等队共 1000 余名职工和大量先进设备，在崇山峻岭中开展了艰苦卓绝的定测大会战。

所有专家都认为，把内昆线称作"地质百科全书"一点也不为过。这里地质灾害频繁，危害最烈的是岩堆、软土、岩溶、滑坡、危岩落石和泥石流。

由于岩堆，内昆线地质钻探的工作量比一般铁路增加了 1 倍。

对付岩堆，建设者的上策是"躲"，实在躲不了，就采用锚固桩坡脚预加固等技术，目前全线 91 处岩堆都处于稳定状态。

而软土在内昆线上竟也有别于其他地区，软土竟然分布在斜坡上，因此，光是李子沟站就发生设计变更 30 次。

铁道部第二勘测设计院为保护铁路沿线草海自然保护区内鸟类的生活环境，还专门设计了吸音材料墙体，这在中国铁路建设史中尚属首次。

这道吸音材料墙体总长 3250 米，计划总投资 600 多万元。它不仅能削弱、隔离铁路运行产生的噪声污染，而且可保证鸟类夜间栖息不受铁路信号灯、车灯等各种光线的影响。

铁路部门的环境评价专家介绍，中国目前在建的铁路干线都加大了对环境保护的投入，仅内昆铁路用于环境的投资总额就已达 4 亿元。

仅用 40 余天，专家及设计人员已高质量完成了除越岭方案以外的全线定测。

为满足施工急需，设计人员牺牲全部节假日，加班加点进行设计，通宵达旦挑灯夜战。内昆铁路首批开工点所需图纸不断送往施工单位。

三、 铁路施工与建设

●蔡庆华评价："打隧道，还是一局五处行。"

●令狐安说："云南各族人民将永远铭记中央的关怀和建设职工的功劳。"

●王宜强说："修铁路是造福人民的事业，百年大计，质量第一。我们宁愿多流些汗，少拿些钱，也要向国家交一条高质量的铁路。"

内昆铁路宣布复工

1998 年 6 月，根据国务院的要求，在完成京九、南昆两大干线建设任务之后，铁道部把内昆铁路作为"决战西南"的首要之战来打，调集 18 路精兵强将，投资 120 亿元，续建内昆铁路。

其实，早在 1905 年，云南省就成立了官商合办的"滇蜀铁路公司"，当时的线路计划是从昆明经昭通到四川的叙府，也就是现在的宜宾市，这就是最早的内昆铁路。

1917 年，滇蜀铁路公司因为耗资巨大而破产。

抗战时期，国民政府筹划修建叙昆铁路，1939 年年底动工，后来因为受到战争影响，铁路所需要的建材无法运入，不得不于 1942 年停工。仅完成从昆明到沾益 172 公里的铺轨。

新中国成立后，党和国家十分重视内昆铁路建设。于 1952 年开始了内昆铁路的勘测设计。1956 年 2 月，内昆铁路开工。

1959 年 11 月中旬，铁道兵第五师修筑内昆铁路宣威至威宁段 130 多公里的线路，师部驻地在古城宣威，他们施工地段正在乌蒙山的主峰上，后来向铁道部反映，这里地势险峻，大多数是悬崖峭壁，而且地质复杂，溶洞暗河比较多。

全段桥梁隧道相连，有 72 座隧道，70 多座桥梁和 200 多个涵洞，光隧道就折合 37 公里。

铁五师为了克服地势高差，还要盘山展开线路二三十公里。他们在天生桥时，北边有灯泡形的松林山大隧道，进口比出口低 40 多米，南边也有个灯泡形的木戛隧道，两个灯泡形的隧道中间就是可渡河。

可渡河的宽度，大家一眼就可以望穿，可是火车得绕转 20 多公里才能过去。

这时，铁道兵司令员李寿轩中将到内昆线视察。铁五师师长罗崇富对他说：

"这些年来从小兴安岭到武夷山，我们一年到头钻山修路，可就是没有见过这样的高山，没有见过这样艰难的工程。

"难怪我们刚来的时候，乌蒙山的老乡看到我们，都用不信任的口气对我们说：'过去国民党的官员坐着轿来测这条线都没测成，这样大的山，你们六七年能修起公路来就不错了。'"

罗崇富还谈到，全师人马刚来到乌蒙山的时候，确实经历了一场不平常的考验。

战士们都背着粮食、工具、武器、被服，每个人都不下六七十斤，但这里山高无路。大军只好一个连分一段地区，各奔各的驻地，人走到哪，公路就修到哪，不然进不去，也不能接近铁路正线。

当时正赶上雨季到来，天天下暴雨，战士们淋着雨上山砍树，又淋着雨修工棚。

山上平地很少，筑路部队盖房没有地基，他们只好盖两层楼的工棚，架起4层铺，这样省材料也省地基，棚顶再搭块帆布篷布，既能当房顶又能隔雨水。

在全师人马战胜了种种困难后，很快就转入正线施工。

罗崇富对李寿轩说："现在通往乌蒙山的公路修通了，你们可以坐上汽车在工地上畅行无阻，只是当时那种困难情景大部分看不到了。"

当时大军正在施工的是树舍至金钟地段，战士和民工们有的在劈山修筑路基，有的在开洞钻山，还有的在挖桥梁基础。一座山上分好几层施工。

大家看到这里地形复杂，山峰纵横耸立，铁路必须从这座山绕到那座山，迂回前进才能通过。绕山的时候，就要钻很多的山洞，出了洞就过桥，过了桥又钻洞，只14公里长的线路，就要修17座隧道，总长有19公里，还要修16座桥梁。

部队在一座山上分三四层施工，上面的一段比下面的升高了100多米。

有名战士写了一首诗，描绘了当时施工的壮观景象：

山中修铁路，钻洞又架桥。
旗卷白云动，云里逞英豪。

部队修筑内昆铁路，沿途经过了许多险恶的地带：老虎嘴、狮子坪、劈坡、天生桥等。

天生桥是云贵两省的交界，战士们看到，可渡河水流非常急，从背面的高山峡谷中奔流到这里，穿过两座高山之间的溶洞，再流向远方，洞顶横在山腰，形成了一座17米高的天然桥。

大家听说，关于这座桥还有个美丽的传说：

很久很久以前，可渡河叫作"不可渡河"。有一位仙女漫游人间，从这里经过，看见两岸的青年男女隔河相望，相爱而不能相会，就动了恻隐之心，用神术搬来一座山架在不可渡河上，这座桥就是天生桥，这条河从此就改名为可渡河了。

1960年，建成内江至安边段140公里铁路并交付运营。

1962年7月以后，随着国民经济计划调整，铁道部决定：滇黔、内昆铁路在树舍接轨，内昆铁路树舍以北停工。

1965年，内昆线梅花山至昆明段的368公里铁路并入贵昆线西段并建成通车。

至此，内昆铁路南北两段均已建成，而中段梅花山至水富县的358公里，因地质条件复杂、施工设备陈旧和技术落后等种种原因而停工。

一条铁路，建设历史将近百年，除了经费、战争等

铁路施工与建设

原因的影响，工程的艰巨也是一个重要因素。

内昆铁路的这段空白，大部分位于云南东北的昭通地区和贵州威宁县。这一带山高谷深，有"摔死山羊弯死蛇"之称。

昭通地区唯一像样的公路是213国道，这条国道与铁路平行的部分，正是20世纪50年代修建内昆铁路时留下的施工便道。这段公路夏天塌方不断，冬天路面结冰，旅客被堵在路上十天半月是家常便饭。因为道路险峻，山地灾害频繁，车祸频繁发生。从岔河至昭通，120公里长的公路只能"双日上行，单日下行"，堪称全国最长的单行道。

1998年3月31日，铁道部和云南、贵州、四川省政府向国家计委报送了内昆线的可行性报告函。4月22日，铁道部内昆指挥部与施工、监理单位签订了施工总承包、监理等合同。

5月6日，云南省人民政府发出《关于认真做好内昆铁路建设的通知》。

5月7日，昭通行署成立了支铁领导小组，专员晏友琼任组长。5月8日，内昆铁路建设指挥部在昆明正式成立，并举行新闻发布会，同日昭通行署召开了全区支铁工作会，布置了支铁工作。5月9日，国家计委向国务院报送了关于审批复工建设内昆铁路可行性研究报告的请示。

5月15日以后，铁路建设大军陆续向施工现场开进。

6 月 7 日，铁道部对铁二院的初步设计方案进行审查。6 月 2 日至 14 日，铁道部鉴定中心和三省联合主持内昆铁路初步设计审查。

这次新建铁路起点为水富站，终点为梅花山站。新线正线 358 公里，宜宾至水富段 28 公里为电气化改造工程，同时扩建六盘水铁路枢纽。

1998 年 6 月 16 日，工程开工，隆隆的开山炮声响过，沿线各族人民载歌载舞，像庆祝盛大节日一样迎接这一天的到来。

修建水富至盐津段

1998 年 6 月 12 日，宜宾县横江镇油房坝人山人海，内昆铁路北段开工典礼在这里隆重举行。10 时 30 分，举行了开工奠基仪式。

铁道部建设司司长王麟书在开工典礼上宣布：

> 云贵川人民期盼多年的内昆铁路，今天终于在川南重镇、三江之滨的宜宾市首先破土动工，这是贯彻党中央、国务院关于加快铁路建设决策的一个重要举措。内昆铁路是我国 20 世纪在建铁路项目中，地质最复杂、地形最艰险、技术难度最大的铁路干线，也是我国跨世纪铁路建设大会战中一场最为艰巨的攻坚战。

铁道部内昆铁路建设指挥部指挥长张洮在开工典礼上宣布：

> 今天的开工典礼，标志着内昆铁路建设今年 6 月重点工程开工目标的付诸实施。请党中央、国务院领导放心，请大西南的父老乡亲放心，4 年之后，我们一定能在川滇黔的崇山峻岭

间增加一条崭新的钢铁大道——内昆铁路！

随着推土机和挖掘机轰然启动，内昆铁路北段正式开工。

73 岁的汤珍绪老太太坐在草地上，激动地说："我盼内昆铁路的建设把头发都盼白了，今天，我终于等来了。"

内昆铁路全长 872 公里，其中北段四川内江至安边 140 公里，已经于 1960 年建成通车。后经 1976 年、1996 年两次建设，内昆铁路内江至安边段从安边向南延 4 公里到达水富站。

南段梅花山至昆明 370 公里也于 20 世纪 60 年代初就已经建成。

1998 年 6 月，内昆铁路全线开始复工。这次新修建的内昆铁路中段起点为云南水富站，终点为贵州梅花山站，全长 358 公里。

修建内昆铁路，有必要先了解内江在交通上的重要性。

内江市位于四川东大门，向东连接重庆，向西连接成都、资阳，南面是自贡、宜宾、泸州，向北通往遂宁、南充，是川东南乃至西南各省交通的重要交汇点，有"川中枢纽""川南咽喉"之称。内昆铁路与成渝铁路在内江接轨。

而且，内江历史悠久，人文荟萃，是著名国画大师

铁路施工与建设

张大千先生的故乡，以"大千故里、书画之乡"的美名享誉全国。

但是，在新中国成立之前，内江却没有铁路。唯有碑木镇的沱江河水中立着几座桥墩，诉说着内江人民的铁路梦。

1951年7月15日，成渝铁路沱江大桥在原基础上动工修建。12月6日，成渝铁路铺轨到内江。12月20日，成渝铁路重庆、内江间开办临时运营。12月31日，沱江大桥全部完工，桥长370.83米，是成渝铁路最长的一座钢梁大桥。

1952年7月1日，成渝铁路全线正式通车，重庆、内江、成都三地分别举行通车典礼。

为此，毛泽东主席亲笔题词"庆贺成渝铁路通车，继续努力修筑天成路"，并被镶刻在内江市市中区梅家山铁路工人纪念堂前的纪念碑上。

由此，内江才结束了没有铁路的历史。

这次重修内昆铁路，其中的一大特色是环保。刚开工时，铁道部副部长蔡庆华就专门做过批示：

　　请内昆铁路指挥部督促各施工单位，做好施工中的水土保持工程，落实所列各项措施。

这次复工新建的内昆铁路起点为水富站，终点为梅花山站。因此，开工典礼是在宜宾举行的。

此次新建内昆铁路主要工程是宜宾至水富段28公里电气化改造及改、扩建六盘水枢纽工程中的内昆引入和六盘水南编组站工程。

这也是铁道部的建设指挥机构的重点工程项目。

内昆铁路水富至梅花山段，沿线直接贯通了四川、云南、贵州的宜宾、昭通、毕节、六盘水地市的16个县，这个范围面积达2.7万平方公里，人口有540多万。

早在1958年修建内昆铁路时，就建成了宜宾安边的金沙江铁路大桥，桥头两端分别是云南省水富县县城和四川省宜宾县安边镇。

而且在同年的10月1日，主桥长364米的内昆铁路岷江大桥也已经建成通车。

在内昆铁路宜宾横江段，筑路人员发现了数座汉代崖墓。

省文物考古研究所在铁道部内昆铁路建设指挥部的大力支持、配合下，又对位于该铁路段的宜宾县柏溪镇草坪村的县级文物保护单位郭成夫妇墓进行了考古发掘。

考古人员发现，郭成夫妇墓进深约4米，宽约13米，共分7室，墓主居中，左右各3间偏室，墓室廊道有多层斗拱建筑，每间墓室均有精美仿木建筑石刻和双龙戏珠浮雕，室顶还有龙凤彩绘。

考古人员认为，其中最重要的发现是在墓室前方出土了4个石函，每个约1米见方，由两块石盒相扣，并缠有铁条，内藏墓志铭。墓门侧还出土了刻有"皇明诰封"

的石碑 1 块。

考古工地领队黄家祥馆员介绍："据史料考证，墓主郭成，系四川叙南即宜宾人，明万历年间官至左将军。其人体格魁梧，脾气暴躁，但骁勇善战，曾在福建参加过抗倭之战，并生擒过倭寇首领，在《明史》及《宜宾县志》中均有记载。出土的 4 块石函，每块都刻有上千字，是极具文物价值的文字资料，它对确定墓主的身份地位以及明代的历史、政治、军事、文化都将起到佐证的作用，甚至有可能改写历史。该墓本身的形制、规模在省内同时代墓葬中也是极其罕见的。"

铁路建设单位和当地政府领导都亲临该墓的发掘清理和保护研究工作现场，他们表示将不遗余力地支持考古发掘工作。

铁道建设者来到内昆水富，大家看到这里群山环抱，金沙江、横江两江交汇。在滔滔横江边，隐隐约约可以看到一些令人心颤的景象，那就是 36 年前，他们的父辈打出的一条条隧道，一段段路基，一个个孤零零地立在江中、江岸上的桥墩。这一道道伤痕深深地记载在西南大地上，也成了刻在他们心底的伤痛。

1998 年 8 月，二局新运处先头部队 150 人汇集在水富金沙江畔，开始了会战剪刀湾的战斗。

剪刀湾是一处高低不平的洼地，修建铁路，要先在这原有的山地和深沟之上建立水富制梁厂，需要挖填土石方 40 多万方。

职工身上的衬衣早已经被汗水湿透了，工地上车水马龙，分不清谁是干部谁是工人，有时大家的汗水和雨水一起流。

总工程师韩伟是负责筹建工作的新运处常务副经理，他带领 28 名员工组成青年突击队，亲自参加卸料、扛沙袋。

韩伟这个自建厂以来没回过一次家的"坏爸爸"，带领一批技术人员一头扎进了科技攻关中。他们通过对 40 多片桥梁的试验和几百片桥梁的实践，终于摸索总结出一套名为"侧振插振相结合的隔节消泡振捣法"的减少桥梁外观气泡的新工艺。

当这一套资料圈上句号时，韩伟抬起头，用红肿的双眼望着妻子："今天中午咱们吃些啥？"待妻子做好可口的菜肴想慰劳慰劳他时，却发现他早已伏在书桌上睡着了。

终于，在国庆节那天，开始安装机器，创造了全国现场制梁建场史上一大奇迹。

10 月 23 日，铁道部副部长孙永福在制梁场视察时，看到桥梁外观气泡已基本消除后大为赞叹，欣然题下"制优质桥梁，创一流水平"的勉励之词。

云南省政协副主席王兆明看到内实外美的桥梁时，挥毫泼墨，写下"国脉脊梁" 4 个大字相赠。

制梁厂经理吴邦奇常常在办公室待到深夜，他吩咐调度员："夜里有什么问题，我随叫随醒。"

有一次，吴邦奇病得实在拖不过去了，才去医务室，但他挂着吊瓶还在指挥生产。

支部书记宁继新说："在人生的旅程上能为内昆重点工程贡献点力量，光荣！"原来，他父母都是老铁路，父母和他都对内昆铁路始终牵挂着。

大家站在水富山巅，顺金沙江、横江远眺，跃入眼帘的就是江边那片水富制梁厂。

1000 多名职工中，有女工 87 人，她们箱子里和枕头下还有很时髦的化妆品，但就因为她们日复一日、月复一月、年复一年地在厂里工作，每天只有上班、吃饭、睡觉，那些东西都派不上用场了。

她们说："我们也是女人，我们也爱美，可是咱们天不亮就起床上班，大半夜才回宿舍，哪里有时间穿裙子穿花衣呀，哪里有时间化妆呀。再说，整天和钢筋、沙子、水泥打交道，化妆给谁看？"

有人就对她们说："姑娘们，等内昆铁路铺通那天，你们统统都穿上连衣裙，描上眉，打上口红，到昭通参加接轨典礼去。"

中铁二局集团二处的 6000 多名员工承担了内昆铁路最长的黄莲坡隧道的开挖任务。

黄莲坡隧道全长 5306 米，位于内昆线滩头车站至普渡河车站间，是内昆线最长的隧道，又靠近开始铺轨的北端，能否如期贯通，成了控制工期的关键。

大家知道，按施工进度要求，必须在明年 10 月前完工。工期只有 1 年多一点。

为了抢进度，他们放弃机器施工，选择效率更高、更经济的 9 人台阶式人工开挖。

隧道口打开后，施工人员发现地质状况与设计不符，为了保质保量地施工，他们就在洞壁架设钢龙骨固定，再喷上混凝土，一点一点地向前掘进。

但是，塌方还是降临了。8 月 4 日，当掘进到离洞口 728 米处时，只听轰隆隆一阵闷响，12 米长、16 米高的山石开始塌下来。

开挖班长罗贞才一看不妙，立即用自己的身体挡住正在往外挤压的边墙，大声呼唤他的同伴："快撤！"17 个工人火速撤出，罗贞才最后才跑出来，他一撤，边墙就塌了下来。

大家连续 17 个月，以单口百米的速度掘进成洞，隧道提前贯通。

傅志寰部长视察黄莲坡隧道工地时，高兴地说："黄莲坡隧道稳产高产，安全质量搞得不错，在内昆线开了个好头。"

中铁二局施工内昆铁路盐津 1 号隧道工程，这条隧道正处于云南省盐津县城，全长 1868 米，而且是一条单线隧道。

内昆铁路要从这里通过，设计人员曾经有过多种设想：搬迁吧？在这悬崖绝壁边，不知道要多少代人才建成了这些房屋，如果顷刻间就拆掉，这要给这个国家级贫困县带来多大的损失呀！再说，这密密麻麻的房屋，在方圆上百里都是重重大山的悬崖绝壁的狭窄地带，又如何拆？让居民迁到哪里去呢？

大家商量再三，最后敲定了方案：内昆铁路要从盐津县城下面穿过去！

隧道斜穿县城下方，在进口方向有近 130 米地段隧道最大埋深为 3.4 米。

大家尤其感到为难的是，该段内地表建筑物林立，其中有一幢 7 层楼的盐津县国税局办公大楼正立于隧道的头顶上，大楼部分桩基础和桩底，离隧道衬砌外拱顶深度仅 4.8 米，从而使得此段施工成为该隧道的施工重点和难点。

大楼结构为混凝土框架梁结构，修建于 1994 年，在施工前，每间办公室在墙体与框架或立柱之间均有不同的收缩缝和裂纹。隧道通过国税局大楼段围岩属 2 类偏压，主要地质为砂岩、页岩夹灰岩，为薄至中厚层状，节理发育、破碎，节理层面充满黏土膜。

中铁二局为了满足设计要求，即对大楼的爆破安全振速限制在 2.0 厘米/秒以内，保证国税大楼以及浅埋地段不发生坍塌，采取了以下两种主要技术措施：

一是利用控爆技术进行隧道掘进，尽量减少因爆破对围岩的振动；二是采取管超前加强支护措施提高围岩稳定性，并紧跟衬砌及时封闭，使围岩在被暴露的时间内不致发生沉降位移现象。

中铁二局先后成立了 4 个科技攻关项目组，根据以往的经验，结合本工程的地质条件和地面建筑物情况，经过经济性、安全性、可行性等综合分析后，决定采取微台阶法施工方案。

开挖采取人工手持风钻钻眼，微振控爆掘进，出砟采取无轨运输，简易台车人工模筑衬砌。

上半断面开挖前采取大管棚注浆超前预加固，开挖后全环格栅、网锚喷临时支护，利用对建筑物的振动速度和地表及建筑物的沉降值位移的观测配合指导施工，确保建筑物的安全。

全长 1868 米的盐津 1 号隧道，从云南省盐津县县城的地下安全穿过了，隧道顶部距地表建筑物最小距离仅为 3.4 米。通过密集的城市建筑群、松散的地质和古滑坡岩堆，均为我国铁路建设史上首次。

中铁二局为确保地表建筑物和居民的安全，综合运用地下临时支护、衬砌紧跟、自进式径向锚杆、高精度雷管爆破、抗干扰等一系列新技术和新工艺，悄然通过了密集的建筑群，开创了我国铁路隧道从城市地下近距离穿过的先河。

当爆破作业顺利通过国税局大楼时，楼里的工作人员依旧照常办公。中国第一条"县级地铁"，顺利诞生在寸土寸金的盐津。

经过两个月的周密部署和精心施工，内昆铁路顺利通过这 130 米的浅埋地段。

铁路施工与建设

指挥长赵晓斌对国税局的领导说："下面已经打过去了，你们该放心了。"对方却说："我们怎么不知道，一点感觉都没有，怎么打过去的?"

盐津境内的普洱渡是一个小镇，这里奇峰兀立，江水滔滔，地处偏僻。诸葛亮七擒孟获就曾深入"不毛"在此渡过泸水，也就是今天的横江，留下了载入史册的美丽故事。

然而大家也知道，就因为它的荒芜，所以这里一直被称为"蛮荒之地"。

10月29日上午10时，铁道部内昆指挥长张洮、工总常务指挥长石天吉、二局指挥长邓元发陪同云南省政协领导，来检查横江两岸的水保环保。

大家看完二局建筑处建起的普洱渡2号、3号大桥，省政协副主席王兆民说："你们第一次搞桥就声名鹊起，质量一流，必定有更大的作为。"

说到这里，王兆民欣然提笔，为建筑处题诗：

江中架彩虹，车站立水中。

中铁二局人，内昆建奇功。

早日打通3305米的普洱渡隧道，成了二局五处八队的重中之重。出口开挖到330米，遇到一条暗河，涌水达80多万吨，施工受阻。

八队职工先用临时排水方法，在拱角安装一条直径

1.2 米的过水管，永久排水施工在隧道左侧进行。

受暗河渗水影响，拱顶出现开裂变形。二局邓元发指挥长到现场办公，采取对策，在两侧对称间隔 4.5 米开挖竖井。

八队 300 名突击队员一齐出击，迅速开挖，挖竖井支护。3 小时放响一排炮，队员们就冒着呛人的硝烟挂网喷锚，他们顶着顺头而下的渗水，两小时就完成了任务。

竖井中 3 个人两个箩筐一把锄头，忍受着三十七八度的高温，一天挖 13.5 立方米的竖井 1 个。许多健壮的小伙子，一下子变得又黑又瘦。

这时，在工程中出现了一个大溶洞，300 米长的软围崖极易坍塌，黄泥土沙夹石，钻炮孔极易卡钻，一个眼子需要两三次钻眼才能成功。

突击队员们每天穿着雨衣泡在水里干活儿，队长杨华、副队长蒲建华各负责一个口，国庆、春节都是在洞里过的。

技术主管曾宏勇本来 8 月就是婚期，他家里催促的电报不断，但他面对火热的场面，只好一再推迟婚期。

一天，曾继烈和杨子广正在掌子面上施工，突然"咚"的一声，一颗碎石从顶部掉下来。曾继烈凭着丰富的经验，预感到大事不妙，大喊一声："撤！"然后他上去一把拉住杨子广就跑。

曾继烈和杨子广两个人刚跑出三四步，一片土石方就"轰"地砸了下来。

装载机车司机刘兴文才 33 岁，他终年在洞子里奋战，已经是满头白发了。

隧道到机械队 6 公里，刘兴文为了节省来回时间，全身心投入大会战。他让妻子丢下孩子，从老家赶到工地来专门照顾他。他们盖了个简易油毛毡棚，妻子专为刘兴文做饭洗衣服。

领工员范方友有挖掘机、推土机、汽车 3 种执照，3 种机器都会开。大战那些日子，他开完这机开那机，每天只睡两三个小时，既当领工员，又当驾驶员，病倒了还坚持干。

大家在普洱渡车站的铺架中，由于有一组道岔设在三线桥上，如果按照传统的道岔转辙器，由于地势狭窄，不能转动道岔。

书记陈明提议，利用废旧的油压千斤顶，改制成"旋转式道岔转撤器"，安在普洱渡车站的 2 号道岔上，使用效果非常好，既满足了行车需要，又保证了行车安全。

正在抢工期，装载机司机蔡军的父亲生病急呼他回家。他刚到家两天，就接到指挥部的电话。蔡军二话没说就往工地返。

蔡军在返回途中翻了车，他的脚受伤了，但蔡军没有去医院却径直来到工地，领导问他为什么不先去医院，蔡军说："工地紧，咱干完班再去检查。"

有一天晚上，飘水岩隧道出口机械突然发生故障，工程师王刚迅速组成抢修小组，他们在漆黑的夜晚，冒着呼呼的冷风，连夜行程 280 公里，到宜宾买回 1 台变压器，他们不顾旅途疲劳，匆匆吃了口饭就开始抢修。

在修建内昆铁路时，落雁乡 30 多位乡亲，自发抬着价值 4000 多元的蔬菜、肥猪，冒雨走了 15 公里崎岖山路，前来慰问刚刚进入施工现场的铁路职工。

铁二局开山铺路的铁汉子们，看着这些来自贫困地区、衣衫褴褛、光着脚丫却热情如火的乡亲，他们的眼睛湿润了，他们真的难以用言语描述自己当时复杂而激动的心情。

在铁路沿线每一个县乡，到处都能遇到群众载歌载舞迎接铺轨、百姓自发抬猪拉菜慰问施工单位的场面。

修建盐津至大关段

1999 年 10 月 1 日，施工队伍来到了豆沙关。豆沙关又名石门关，位于横江北岸。西岸岩壁上刻有"滇南枢纽""其险也若此"等大字。

大家看到，横江两岸山崖耸立，古驿道在山崖间迂回，豆沙关雄踞在一夫当关、万夫莫开的险要地段，被称为"入滇第一关"。

大家问石门关为什么改称豆沙关呢？当地人告诉大家：元朝时，有个叫窦勺的将领被派来守石门关，于是他就用自己的名字命名，把石门关改称为窦勺关，后来由于当地人方言口音，就把窦勺关谐音为豆沙关，一直沿用至今。

曾晏成是顶替父亲的班来到铁路工作的，他经常听父亲说："我一生中最大的遗憾，就是没有修通内昆铁路。"

原来，曾晏成的父亲曾铁超 1958 年就曾参加过内昆铁路的施工建设，而且当时他们施工的就是豆沙关隧道。曾铁超听说这次曾晏成夫妇都上了内昆线，心情非常激动。

曾铁超多么想早日养好身体，能亲自来内昆线走一走，再看一看豆沙关，但是，他却一直没有好起来，才

65 岁就逝世了。

曾晏成来到豆沙关隧道，他和妻子唐家月的眼圈都湿润了。曾晏成对唐家月说："也许前面那个小山包，就是父亲搭盖窝棚的地方，也许那边的崖壁，就是父亲用望天锤开凿出来的。"

曾晏成对着隧道大声吼着："爸——爸——"

隧道内也对曾晏成回声："爸——爸——"

曾晏成、唐家月把带来的两束白花，端端正正地放在隧道口的岩石上。

曾晏成流着泪说："爸爸，请你放心吧，请你相信，到内昆铁路通车那一天，我们俩到德阳把母亲接来，到时你一定回来，我们一起来到豆沙关，了却你的遗愿。"

豆沙关隧道为分离式双线隧道，穿越了石门关、五尺道和豆沙古镇，隧道左幅出口下方六七米处的悬崖绝壁间，还有一座建于清代乾隆年间的观音阁。

依靠新的爆破技术，豆沙关隧道奇迹般地在文物古迹旁大大小小成功起爆成百上千次，创造了现代铁路与古老的文物胜迹交相辉映的奇迹，成为建设和保护的一个和谐典范。

修建铁路的人，对内昆铁路新线上沙沙坡印象最深刻的就是虫灾，提起这些小虫子，没有不恨得牙痒痒的，但是却始终拿这些小虫子无可奈何。

沙沙坡，沙沙坡，沙沙坡站虫虫多，虫虫

漫天成一怪，淹打毒烧难除害。

　　沙沙坡位于云南省盐津县南端，当地数十年来一直有一种著名的特产，那就是每年夏天漫天飞舞的飞蚁。

　　飞蚁的个头不大，但每到夜晚，都会成群结队地朝光亮处飞去，弄得沙沙坡工地经常"黑灯瞎火"的不敢开灯。

　　大家都说，这些飞蚁更善爬，室内如果有丁点灯光，它就会飞到工人们的窗前门外，从哪怕只有很细很窄的缝隙里钻进来。它还咬人，如果谁一不小心碰着它，它就会狠狠地咬你一口，疙瘩几天都消退不下去。站长丁启伦一边手拿报纸将办公桌上的飞蚁一堆一堆的朝地下扫，一边无可奈何地说："沙沙坡站其实应该叫虫虫坡站，这里的飞蚁实在太多。为了消灭这些'敌人'，我们想尽了办法，比如：在站台上牵个灯泡，下面放一盆水，第二天早上起来就是满满一盆死蚁。我们还使用了现代化的武器灭害灵，天天毒倒一大片，但这种虫子就是池水淹不尽，农药毒不完，前赴后继地从四处飞来，夜间要是下点雨，那么第二天打扫清洁时站台上的虫尸至少也能装他两簸箕，听当地人讲，这种情况至少也要持续整整一个夏天。"

　　沙沙坡站共有 7 名职工，全都是当年 5 月份内昆铁路新线开通前来到车站的，他们一到车站，飞蚁立刻摆出阵势前来侵袭，弄得职工们一个个深受其害，几乎人人身上都有飞蚁利齿留下的痕迹。

尽管如此，职工们没有任何人叫过屈、道过苦，他们迎战虫灾，坚持保证行车安全。

铁一局的职工们奋战在甘家坡隧道，他们正处在泥石流状的地质条件下，洞里的涌水喷出 5 米之远，寒冬腊月里，施工队伍竟然穿着棉衣，连续在水中浸泡了 36 个小时。

690 多个日日夜夜后，随着隧道最后一炮巨响，铁一局五处胜利打通甘家坡隧道。

铁道部蔡庆华副部长视察内昆线，给予了五处高度评价："打隧道，还是一局五处行。"

内昆铁路指挥长兼党委副书记张西海大胆决策，在隧道工程中提出，在洞口工作稳扎稳打、重点防塌方的指导思想。

他们承建的 4 座隧道有两座洞口在昆水公路下端，覆盖层较薄，最浅埋深仅 8 米，张西海针对实际情况，又提出"石变我变，稳中求进，确保安全"的思想。

每当隧道施工的危急时刻，张西海部都是第一个赶到现场、冲在抢险前线、站在最危险的地段。

张西海的爱人刘爱萍是一位中学老师，小孩生下来 7 天张西海就上工地了。妻子在后方，叫张西海每周给她写一封信，但因为工作太忙他都没有做到。

在电话里张西海常对刘爱萍说："我们的重点就是要培养好孩子，我老不在家，就托付您了。当今时代，如果儿子没有文化，是没有出路的。"

因为张西海总是回不去，刘爱萍专程来到内昆线过春节，可还是很少见到面，因为张西海总是没日没夜地在工地工作。

眼看假期要结束了，因为工地正紧张，张西海没抽出时间送妻子和孩子到宜宾上火车。刘爱萍带着儿子悄悄地走了，但她把一封信留在了丈夫枕头边：

西海：

寒假结束，即将开学，我们一家又面临着分别。人们常说："相见时难别亦难"，我现在就处在这种心境里，心里的那种滋味只有自己知道。

我们一家人，在这乌蒙大山横江边，一起愉快地度过了 20 世纪最后一个春节。来内昆，我对你的工作了解了许多，看到你工作繁忙的程度，不但人忙，心里也闲不下，你确实太辛苦了。看到你一天到晚忙得那个样子，想起以前对你的误解，我心里感到很内疚。在这里，我诚心诚意地向你表示道歉，希望你能原谅。

西海，你一个人在外，工作辛苦，大事小事都得操心，生活上我又照顾不上你，实在难为你了。以后，家里的事，你尽可以放心，我会把一切事都料理好的。对于孩子的教育，我会尽最大的努力，想一切办法，把儿子教养成才，有什么事你尽管说。对你的工作我会全力以赴地理解和支持的。但是，你工作时要注意劳逸结合，不能只顾工作就不管身体。我特别不放心的就是你的身体。要注意休息……谋事在人，成事在天。

祝您

工作顺利，心情愉快！

爱萍

草于 2000 年 2 月 23 日午

从 1998 年 10 月 25 日开始，铁道部第三工程局六处施工毛家坡隧道。

隧道全长 3496 米，位于云南省大关县境内，是内昆铁路全线控制工期的关键工程之一。

毛家坡隧道地处悬崖峭壁，穿越断层破碎带，给施工带来了难以想象的困难。

开工以来，建设者们根据岩石的变化，适时调整施工方法，采用超前小导管预注浆锚喷格栅钢架支护，光面爆破，全断面开挖，有轨运输与无轨运输相结合，整体式混凝土衬砌，使整个隧道安全、优质、快速地向前推进，4 个掘进工作面先后创 14 个单口独头百米成洞纪录。

他们除了力求使施工方案合理外，还严格内部管理。

定下条例：

一是强化责任成本管理，全面推行经济责任制。

二是将计划落实到洞口和班组，做到个人保工班，班组保工序，工序保整体。

三是强化激励机制，群众性创百米竞赛高潮迭起，11 月份进口实现 140 米成洞的高产纪录。

现场管理干部都奋战在第一线，强化生产指挥和技术管理，实行包保责任制，昼夜值班，发现问题及时解决。

1999 年 12 月 29 日，毛家坡隧道贯通，这是全线 3000 米以上第一座贯通的长大隧道。

修建大关至彝良段

筑路大军在修建大关至彝良段时，遇到最多的就是隧道工程。

大家看到设计图上这个地段有隧道52座，其中又长又大的隧道18座，隧道总长5.5万米，占正线长的70%。曾家坪子2号隧道2477米，1号隧道2560米，金竹林隧道3224米，青山隧道4268米。

这些又长又大的隧道内，通风条件特别差，蒸汽机车释放出的大量有害气体无法排出，给正常行车带来极大的困难。

指挥部为此专门为行车人员配备了3件必需品：医用口罩、军用防毒面具和日用湿毛巾，改善了在长大隧道内的行车作业条件，提高了工作效率。

大家认为，目前我国还缺少专门为长大坡道铺架而设计的施工设备，许多机械设备的技术性能指标难以适应长大坡道施工的要求。

就连有关的机械厂家，都对他们自己的设备在特殊条件下的正常使用持怀疑态度。

可新运人偏偏不信这个"邪"。指挥部对铺架设备在适应长大坡道使用的技改基础上，进行了多项完善使用性能的技术改造。

他们还对龙门吊、塔吊、拌和站等主要设备进行了全面的维护保养和技术改造，并在铺架两机上安装了电台，以保证两机安全、高效、机动、灵活地进行施工作业。

筑路建设者修筑大关境内的苍坪站，这段铁路的北端伸入双河隧道 500 米，南端伸入金竹林隧道 450 米，两隧洞口之间就是 105 米长的苍坪 2 号双桥大桥，被称为"一线天"车站，成为我国露天最少的车站。

1998 年 5 月，隧道工程局中标内昆铁路安边至树舍工程水富至梅花山第四标段，分配中隧三处工程为彝良县新长乡境内，全长 4700 米。

这段有隧道 5 座，长 3427 米；大桥 2 座，中桥 1 座；长 1218 米，涵洞 5 座，车站 1 座。线路走向沿泽河流域，沟谷纵横，山势陡峻，地势险要。

线路位于四川盆地上升至云贵高原的加力坡上，且又桥隧相连，施工困难。邓家湾 1 号隧道出口和邓家湾三线大桥位置在邓家湾车站上。

彝良是贫困山区，施工和生活条件艰苦。

中隧三处组成内昆铁路项目经理部，组织领导一、六公司和道桥公司施工。同年 6 月 7 日进场做施工调查，施工队伍也随即入场进驻，6 月 20 日，施工便道开工。10 月 18 日继 1277 米的岩脚 3 号隧道开工后，其余工程陆续展开。

在隧道开挖时，大家采用手持风钻，光面爆破。初期临时支护，依石质情况用锚杆或钢筋挂网喷锚。二次模注用泵送混凝土入模，振捣器捣固。运输除岩脚3号采用有轨运输、电瓶车牵引、梭矿出砟外，余皆用无轨，立爪侧倾式装载机装砟，自卸汽车运输。

大家在桥梁施工中，则采用普通挖基，架空索道运输，卷扬机起吊运送混凝土进行灌注，机械捣固，人工养护。

大家在施工中，安全质量均处于可控状态，他们认真贯彻"安全第一""质量第一"的方针，没有发生人身死亡和工程质量事故。

大军进入彝良之后，先详细了解了彝良县在新旧内昆线的建设经历：

滇蜀铁路公司在1910年前后将内昆铁路勘测完毕，彝良属滇蜀铁路路段，后来因为军阀混战中断。

受北洋政府委派，全国著名铁路探测家、彝良人陇高显曾精心地对内昆铁路进行探测设计。

民国时期，彝良县政府成立支铁委员会，做了修建内昆铁路的准备工作。可是在当时因种种原因，"大铁路计划"无力实现。渲染一时的"川滇铁路"只给彝良人民留下了一个美好的理想。

新中国成立后，中国政府把铁路建设作为新中国经济发展的一项重大举措来抓，1951年7月1日成渝铁路通车，1957年宝成铁路全线贯通，1958年年初，内昆铁路建设也步入实施阶段。

内昆铁路彝良段建设1958年6月开工，1960年2月停工，境内长3.9万米。

当时设定的路线是由大关天星进入大湾子凉水井至金家渡，进入县境徐家寨，经县城八角亭搭桥绕城边至花生地，过新场，到毛坪，沿洛泽河到龙街格闹河，过格闹河大隧道进入贵州境内。

原定在发界设大站，花生地设小站，计划1959年年底通车。

在彝良3.9万米铁路线上，当时有隧道18个，1000米以上的有5个，总长达1.2万米。

有大、中桥梁共长2000米。内昆线于1956年由苏联专家设计后，彝良段再由云南勘测队勘测核定，由成都铁路局二八工程局、第一隧道工程处承建。

当时配套工程庞大，修伴道公路双河至云贵桥6.32万米，修木料供给运输公路县城至朝天马7.2万米，建便道、主线工棚42处，沿河修建渡口10处，架桥梁10座，运料渡船20只，设在角奎镇、马杠、蒋家河坝、阎王桥、麻窝凼、锅圈岩、碗底、嘎外、大湾子、袁家河坝等处。

这些配套工程动员了昭通、鲁甸、彝良三县民工，仅彝良就无偿投入民工8474人，修伴道公路黄泥堡至铅锌厂公路2.4万米。

工程生产生活资料大部由彝良提供，燃料靠附近煤厂提供，工棚、桥梁、船只、枕木用料全由朝天麻原始森林输出，在金家渡设粮食供应库，在县城、毛坪、洛泽河设蔬菜燃料供应点。

那时，民工队乡设大队、村设小队、社设组，对民工实行半军事化管理，纪律极严。民工的选择为18至45岁健康者。

筑路工程异常艰苦，在当时机械化程度低的情况下，无任何机械设备，全由人力施工，人员伤亡大。

而且，由于当时的物资供应严重不足，铁路工人和民工们的生活给养极为困难。

建设人员骤增，造成当地物价高涨，生活必需品超过当地群众原生活水平数十倍，一只鸡的价格就超过一个在职干部一个月的工资。

就在铁路建设进入高潮时，我国遭受严重的自然灾害，又加上苏联撕毁合同，带走图纸，停止援助，撤走专家，内昆铁路地质复杂，国内缺乏先进的设备和技术等原因，彝良境内于1960年2月停工。

至铁路停工时止，县境内已打通隧道18个，即花鱼洞、幸福洞、黄泥堡、观音岩、八角亭、花生地、红岩、蒋家河坝、湾湾滩、麻园、咪耳沟、关帝坪、新街子、麻窝凼、猴街子、锅圈岩、碗底、凉水井隧道，路面基本贯通，少部地段也开始铺沙石，铁路桥墩已全完工。

当地的人们日日夜夜盼望内昆铁路复工修建，周恩来对内昆铁路的复修也从未放弃。

1965年，国民经济有所恢复发展，曾计划过内昆铁路的建设。

十一届三中全会后，内昆铁路作为国家的重大项目被提了出来。

1994 年，朱镕基到昭通视察，下了修建内昆铁路的决心，次年即拍板定案。

内昆铁路是国家西部大开发的重大举措。

彝良县境内长 5.622 万米，从大关县的天星进入彝良境内，经角奎、阿都、大马、马腹、洛泽河、雄块、岭东、虎丘、大寨、龙潭、笋叶两镇八村 86 社，从县城老鹰嘴后半山腰至马腹、龙潭，由苗寨进入昭通盘河乡。

境内隧道桥梁 60% 以上。有隧道 37 个，其中青山隧道连接大关，新寨隧道连接昭通，为大关、昭通交界共有。总长 2.9 万米，占主线总长的 51.5%。

青山隧道为唯一的"2+1"型隧道，全长 4284 米，海拔 1400 米，位于大关、彝良两县的越岭地段。

4 月 1 日 3 时，正在隧道内施工的工人突遇大涌水的袭击，十多米长的宽大水柱夹带沙石、泥浆迎面喷来，机械设备被冲倒、埋没，工人迅速撤出。

一夜之间，400 米长的隧道内堆积起 1 米多高的泥沙。大自然给了身经百战的隧道局员工一个沉重打击。

他们不得不组建抢险突击队，8 台抽水机、20 多个工人 24 小时连续作战，才清理完现场。青山隧道重新向前掘进。

隧道局建设者在青山隧道工地刻下对联：

巍巍青山横断云贵川，

铮铮铁骨直通大西南。

这是他们留给内昆铁路的豪情。

侯家湾 2 号隧道是彝良境内最长的隧道，全长 1889 米，最短的是龙潭 2 号隧道，长 85 米。

这段铁路还有桥梁 18 座，全长 2830 米，占主线总长的 5%。李家坪大桥长 327 米，岩脚大桥长 324 米，最短桥为吴家沟中桥，长 44 米。

铁道部第二勘测设计院承担内昆铁路全段的勘测和设计。

1996 年 3 月 19 日至 23 日，第二勘测设计院专家 40 余人一行，在彝良境内老鹰嘴、马腹、龙潭等地实地考察，核定了境内铁路路段。

为做好内昆铁路建设前期的准备工作，县人民政府成立了内昆铁路建设前期工作领导组。

组长是副县长林朝俊，副组长是政府办主任赵文礼、交通局局长张孝禹、土管局副局长付再良，成员 8 人，由有关部门领导组成。

县政府并行文动员全县人民，以国家利益为重，用实际行动支援内昆铁路建设。

1998 年 6 月，彝良县政府成立支援铁路建设领导组及支援铁路建设办公室，组长是县长马廷光，副组长是

铁路施工与建设

县政府副县长王天刚，人武部政委林登榜，支铁办主任张德成，政府办主任冯礼银。

内昆铁路开工后，彝良段由昆明铁路工程队五局一至五处，四局三处，隧道三、四处承建。

1998年5月20日，铁五局五处首先进入彝良县境新寨隧道工地。

6月16日，铁五局一、三、四处，铁四局四处和隧道三处、广西工程部分别进入新场乡青山隧道、阴山1号隧道、毛坪乡阴山2号隧道、侯家湾1号隧道开工。

彝良段地形结构复杂，桥隧相连，任务艰巨。黄泥坡展线4248米的青山隧道和4409米的新寨隧道为部级重点工程。

1998年6月8日全线重点工程、全长4409米的新寨隧道开工。

新寨隧道穿越煤层、瓦斯、断层、涌水、溶洞、突泥等复杂地质段。

新寨隧道瓦斯压力极大，比"天下第一险洞家竹箐"还高，而且在浅埋层地质多处存在塌陷，施工上科技含量特别高，为铁道部重点控制工程。

1998年6月开工后，经广大工人和技术人员的努力，连续创建23个百米成洞的优良成绩。

正当施工处于高潮时，2000年6月，隧道突发涌水，日涌水量5万方，最高时达21万方，致使隧道出口工区全部被淹，施工被迫停工3个月。

9 月泄水疏坑贯通后工程复工。由于被水浸泡 3 个月之久，隧道破坏严重，施工相当困难，为确保全线铺轨工期进行，五公司以新寨隧道为大干重点工程，组织力量，稳扎稳打，稳步推进，隧道于 2001 年 2 月 19 日胜利贯通，6 月进行铺轨。

修建彝良至昭通段

1999 年 11 月 10 日晨，初冬的大雾不请自来，出现在位于内昆铁路二道桥站最后一孔桥梁架设的现场。

好一场浓密的大雾！天地之间仿佛罩着一顶巨大的白帐子，把方圆 5 公里的二道桥给严严实实地罩了起来。四处迷迷茫茫，能见度不过两三米。

这么大的雾，真让筑路者犯了难。该段桥路技术科副科长一路小跑来到蹲点现场的段领导面前汇报情况。百余名干部职工待在雾中，等候进一步的指示。

这时，小雨又淅淅沥沥地下了起来。

二道桥站处在群山环绕的山坳中，主要工程为新增两条站线。由于地形条件限制，两条站线有三分之一的线路都位于桥上。

这是一个半径为 900 米、坡度为 6‰的曲线桥。此次共架设 11 孔 "T" 形预应力梁板，总长约 352 米，其中一孔两片跨度为 24 米的梁板，10 孔 20 片跨度为 32 米的梁板，每片梁重约 114 吨。施工难度之大，可以想象。谁知天公还不作美，竟跑来添乱！

该段领导果断地做了决定：按正常程序做好架梁施工准备。

一声令下，百余名干部职工一起冲进了雨里。大家都想一鼓作气，乘胜追击，投入战斗。

雨点轻轻地打在他们的身上，带着一丝丝初冬的寒意，但是，没有人在意。

高级工程师张顺清在桥墩、桥台、梁板上来回穿梭，认真地检查着支座放线及安设情况。

12时许，浓雾还在挑战着人们的意志，但已没有先前那份强悍，能见度也提高到了20米左右。一台红旗130型架桥机也已就位。

12时30分，随着一辆货车呼啸着驶过二道桥站，防护员吹响了口哨，架梁工作开始了！

只见架桥机前龙门架被提起，缓缓向前伸出，指挥员不停地向操作手打着手势，使之稳稳地落在桥台上。同时，一片32米的预应力梁板被吊进后龙门架，工人师傅快手快脚地用钢丝绳把梁板绑扎起来，送入轨道。

架桥机将梁板缓缓送出，雾中慢慢露出的梁身就像一条即将腾空而起的蛟龙，真是"神龙见首不见尾"！两端到达墩、台后，再慢慢落梁，精确对位。

张顺清嘱咐："大家各就各位，各司其职，小心翼翼地操作，安全、质量，一个也不能落下！"

15时，两片梁均已架设就位。施工监理测量、检查完毕后，大声宣布："施工质量很好，桥梁顺利合龙了！"顿时，欢呼声响成一片，工地成了一片欢乐的海洋。

不知何时，浓雾已悄然散去，小雨也停了，太阳高挂天空，阳光温暖地照耀着。这仿佛是鼓励，又仿佛是奖赏，送给这群雾中的精灵。

2000年2月，中铁十六局修建内昆铁路，来到昭通地区。

古语说"锁钥南滇、咽喉西蜀"，真是一点都不假，这确实是对昭通地区地理位置的形象写照。

昭通位于云南、四川、贵州省市毗邻区域，是大西南的腹地，也是云南从陆地通往四川和重庆的必经之路。

其实大家都知道，这里的水能、矿产、生物、旅游等资源异常丰富，是"西南资源金三角"的重要组成部分。

但是，大家同时看到，雄伟连绵的乌蒙山系阻碍着这个地区经济发展的脚步。

昭通市政府一位官员说："落后的交通是影响昭通经济发展的原因之一。而内昆铁路的建成通车，无疑是给了昭通经济展翅腾飞的翅膀。"

在内昆线通车前，陆运一直是昭通人民心中的痛，昭通公路通车里程5810公里，其中4000余公里为4级公路，一些山区仍得依靠人背马驮的原始方式进行着农产品的运输。

随着内昆铁路的正式通车，昭通将真正实现海、陆、空共同编织的交通网络。

随着内昆铁路的修建，昭通人能甩掉"交通落后"的帽子，开始构建云南省开放的"北部大通道"。并且将成为中国连接东南亚、南亚国际大通道的一个重要组成部分。

老百姓都说，内昆铁路对于昭通是一条真正意义上的扶贫路。内昆建设大军进入昭通，受到了当地百姓前所未有的热烈欢迎。

内昆铁路铺轨到小龙洞村，2万多当地百姓从十里八村赶来，密密麻麻站满了山头，人们带来自家养的牛、羊，带着自家酿的米酒，夹道欢迎铁路建设者。

事实上，从共和国总理到昭通贫困山乡的普通百姓，人们情注内昆铁路建设，使它蕴涵着深刻的意义。

当地领导说，事实的确如此，昭通是云南贫困面积最广、贫困人口最多、脱贫难度最大的地区。长期以来，有290余万人挣扎在贫困线上。

而且，随着内昆线的通行，政府出台了一系列扶贫计划与措施，其中包括建成铁路沿线反季节蔬菜基地在内的10项扶贫措施开始启动，这些项目的实施，使昭通人民战胜贫困有了可持续性的动力。

小龙洞村，黄顺才老汉的农家小院里的果树上结满了青色的苹果，暮色中的村庄，一座崭新的铁路大桥在远山的映衬下划出一道美丽的弧线。

黄老汉是内昆铁路最直接的受益者，春节，他的老伴带着1000多公斤水果，坐着铁路施工车到威宁走亲戚，这些以前由于运不出去，只能烂在地里的水果，竟然在威宁街子上卖了个好价钱。

小龙洞村也是内昆铁路最直接的受益者。3年前，这个省级扶贫攻坚乡的山村路不通、电不通，一车苹果人背马驮要经4至5天才能走出山沟。

1998年铁十七局来到小龙洞村，施工队伍为村里修起了18公里到贵州、昭通的便道，拉起了电杆，村里像黄老汉那样的机灵人，纷纷到铁路上打工，买运输车搞运输。

今天铁路即将铺通，这个以前曾是扶不起的二半山区贫困村，人均收入超过了650元，越过了温饱线。

昭通市旅游局的一位官员说："很少有人愿意坐在颠簸的车子里，在险峻的山路上花很长的时间去旅游观光，昭通以前的现实很难使游客体验旅游的休闲。现在不同了，铁路一通，一定能赋予昭通旅游业全新的生命。"

2000年12月24日，中共云南省委书记令狐安带着部门领导视察内昆线。他驱车越过冰雪覆盖的大海梁子，来到闸上隧道、昭通火车站、花土坡特大桥等工地。

令狐安说："听了指挥部的汇报，感到很受鼓舞很受教育，内昆铁路是一条扶贫路、致富路、发展路。修建内昆铁路是党中央、国务院的英明决策，是对西南人民的关心。你们具有时代意义的'内昆精神'，在为云南人民创造了一座物质丰碑的同时，也留下了宝贵的精神财富。"

令狐安深入到桥头、隧道、食堂、宿舍，了解情况，嘘寒问暖，与干部职工合影留念，带来了云南人民的深情厚谊。

令狐安说："云南各族人民将永远铭记中央的关怀和建设职工的功劳。我们省委、省政府和昭通地区政府，要继续贯彻好'高度重视、全力支持、特事特办、坚持不懈'的16字支持铁路建设方针，做好全过程服务，善始善终，虎头虎尾。"

令狐安还即兴作诗一首，赞扬筑路大军：

手持风钻彩云间，关河洞穿万重山。
千桥飞架跨碧水，铁龙横贯豆沙关。

随后，云南省省长徐荣凯也来昭通车站视察。

架设花土坡特大桥

1998年6月，中国铁道建筑总公司5万铁路建设大军挥师云贵高原，直指乌蒙。

他们总承包的内昆新线建设昭通至梅花山段、六盘水枢纽中的内昆引入和六盘水南编组站施工任务，

1999年3月20日，铁十七局来到云南昭通市和贵州威宁县交界的三岔河上，修建内昆铁路花土坡特大桥，最高墩110米。

在大桥开工典礼上，铁十七局全体职工响亮地提出：

历史给我们一个机遇，我们还历史一个奇迹。

他们决心要把花土坡特大桥建成我国铁路桥梁的新的代表作。

花土坡原名叫"滑土坡"，因为当地处在"龙翻身"大断层上，一到雨季，山体常常大面积滑落。

当年勘测人员到这里选线的时候，向当地老乡打听地名，误把"滑"听成"花"写了进去，从此就叫"花土坡"了。

大家都说，修建这座桥，将面临重重难关：一是地

质不好，桥位紧邻断层，桥头侧有一个滑坡体。

中铁十七局内昆铁路指挥部文坷总工程师形象地说，这里的地质就像一摞盘子打碎在地上，又被人踢了一脚，那碎片的分布毫无规律可言。

二是施工难度大，深基、高墩以及连续悬灌梁的线型控制都缺乏经验。

三是气候恶劣，风速高达每秒 27 米，十分不利于高墩和悬灌梁的施工。

乌蒙山的路有"摔死山羊弯死蛇"之说。铁十七局四处职工刚到工地的时候，这一带的山区只有羊肠小路。有许多路段，两个空手行人还要相互避让才能通过。

因此，大家意识到，花土坡特大桥的第一个攻坚战，就是抢修施工便道。

大家发现，当地遍野都是红黏土，这种土质晴天太阳一晒硬得像铁块一样，雨天遇水黏得像胶水。

修建施工便道时，正值当地雨季。挖掘机的铲斗常常是挖下去提不起来，好不容易提起来了，挖斗里的土又倒不出来。职工们只好用锹铲、铁耙扒，甚至用手抠。

四处职工没有一个人叫苦，没有一个人喊累，更没有一个人躺倒。全体职工逢山凿路、遇水架桥，克服重重困难，在短短的一个月内，硬是抢修出了 30 多公里的简易公路。

工地上机车隆隆，各种重型机械来回运转。

工人们有的在地上施工，有的在高空作业，一派繁忙景象。那 15 个高墩从谷底拔地而起，如巨人般向世人昭示着一种力量，一种与世界抗争的、不屈的、向上的力量，让人备受鼓舞，充满信心。

大家站在桥墩旁抬头仰望，那一个个高墩直刺蓝天，巍然挺立。那墩身采用先进的翻模技术灌注，光滑细腻。

工人们在建设桥墩时发现，9 号墩占地面积为 24 平方米，基础开挖面积有一个篮球场那么大。由于该墩处于滑坡山体上，地质复杂。

六队为确保达到施工标准，按设计将往地下打 35 根桩，每根桩孔需挖下去 48 米。

为了赶工期，六队组织了 300 多名工人对 35 根桩进行同时开挖，实行人海战术。可是才挖下去 18 米，桩孔里便开始涌水，就是同时用两台抽水机往外抽水也无济于事。

通常情况，每根桩的开挖工作由 4 人同时进行，两人穿了水衣下到井底开挖，两人在井口负责把泥沙一桶一桶地吊上来往外输送。

随着桩孔深度的增加，呼吸和通信就变得越来越困难，井底的人讲话在井口已无法听到。空气也变得极为稀薄，只有用鼓风机不断往井底鼓风。

开挖 9 号墩基础的时候正值 5、6 月份，井底异常闷热，施工人员只穿了一条裤衩，外面穿上水衣，待一天施工完毕后，身上的汗水都已经把水衣的内层打湿了，一天天浸泡，一天天摩擦，工人们身体表层都被浸脱了一层皮。

铁路工人都说，他们整天泥手泥脚的，光是受点苦还算不了什么，但时常要担心着人身的安危，总是担惊受怕，因为井下开挖必须采用爆破技术，要是稍稍有一点闪失，比如受爆破影响井壁垮塌等，那井下的工人就别想再活命了。

所以，六队工人们都规范操作，认真施工，把安全摆在第一位，六队在施工中从未发生过一起伤害事故。

那段时间，队长陈南雄痔疮复发，大量便血，又患了十二指肠溃疡，但他为了赶工期，确保施工安全，把铺盖搬到工棚里，每天坚持工作18个小时以上，没有离开过工地半步。

因为，陈南雄心里始终牵挂着那35根桩，还有那些施工的兄弟们。

桥机队队长刘克明现年38岁，已有20年工龄，家住四川泸州农村，两个妹妹都已出嫁，家里只有70多岁的父母亲相依为命。

平时，刘克明只有往家里寄点钱帮助解决一些实际困难，父母有时也走上个把小时的山路到集镇上给他打个电话，听听儿子的声音。

而刘克明的妻子则带着10岁的孩子住在四川自贡农村，孩子上小学三年级了，成绩不算太好，妻子又辅导不了，所以经常来电话发发牢骚。

每当这时，刘克明也只能在电话里空谈一气，他多么想亲自去辅导一下孩子做作业。虽然春节已经临近，但为了赶工期，刘克明没能回家。

他说，还有许多工地上的事，等着他去处理。

9号桥墩建成了，工人们乘电梯上到9号墩的台顶，他们感觉好像站在巨人的手掌上，被高高地举上云天，一时间，似乎连高大的乌蒙群山也显得那样渺小。

职工们在100多米高的桥墩顶台上爬上爬下，支模板、焊钢筋，忙得不亦乐乎。

花土坡特大桥最深的地下基础达48米，而且地下水极为丰富。一个基坑里的涌水量，常常用6台大功率潜水泵都难以抽干。

施工队伍根据地下岩层和水流分布情况，采用上游截流和井点降水，同时采用新型防水材料，制服了地下水，使大桥基础施工安全顺利完工。

王宜强作为铁十七局副总经济师兼内昆铁路建设项目指挥长，为承包工程和推销工程材料的事，得罪了许多亲友，有人骂他不给面子。

王宜强说："企业是国家的，不是我王宜强的，我给你们面子，党和人民就不给我面子。"

早在1967年，王宜强在南昆线鱼洞隧道发生塌方时，为了抢救战友，脊椎骨断裂。

手术后十多年里，王宜强一直奔波在工地，一天也没有躺下来静养过，他先后磨坏了4副钢腰围。

由于手术后腰椎骨节非正常活动，致使神经营养供应不良，右腿肌肉已经严重萎缩，比左腿短了 2 厘米，细了 3 厘米。原来 1.82 米的大高个，现在只有 1.78 米了。

1998 年，王宜强听说内昆铁路马上要开始了，他心里就盘算开了：修了贵昆、成昆、南昆，如果再加上一个内昆，就给自己的人生画了一个圆满的句号。

王宜强找到局长，要求再上高原，再参加内昆铁路的建设。

局长对王宜强说："你的腿都萎缩了，个子也变矮了，身体这么差，又是 50 多岁的人了，我看就不去内昆了，回机关吧。"

王宜强着急地说："铁路大会战，西南这一仗很关键。我有几十年高原修铁路的经验，再说，我是南昆指挥长，上内昆一切条件具备，把原班人马带过去就行，还是让我去吧。"

局长经不住王宜强的再三请求，只好勉强同意了。但是，他给王宜强提出了要求：要注意身体，安全工作，如果不能坚持时，必须回机关。

局长还特地配备了一名常务副指挥长，并给十七局内昆指挥部办公室主任李德禄做了特别交代，一定要照顾好王宜强。

即使这样，王宜强在内昆线建设中，仍然每天带着尺子、锤子和本子下工地。再高的桥墩他也要爬上去，发现有问题的地方就坚决扒掉重来；再深的涵洞也要钻

铁路施工与建设

进去检查质量，看个明白才放心。

一天深夜，下着大雨，王宜强检查工作报表时，发现有个工程队报来的隧道测量数字是个整数，他心里直纳闷：整数，这么凑巧？

王宜强叫醒司机，立即冒雨上路。在距隧道还有3公里的地方，车身一歪陷进泥里不能动弹了。王宜强和司机小王一步一滑向前走去，他叫技术员重新测量。一测果真是错了。

王宜强对技术员说："测量误差1厘米，隧道就不知道要打偏多少米，这可不得了呀！"

王宜强经常说：

> 修铁路是造福人民的事业，百年大计，质量第一。我们宁愿多流些汗，少拿些钱，也要向国家交一条高质量的铁路。
>
> 指挥长的位置，应该在掌子面，在桥墩上，而不仅仅是坐在办公室里打电话，听汇报。
>
> 质量是工程的灵魂，哪怕一点点隐患，都会给工程留下一颗"定时炸弹"，工程质量低劣，就是对党和人民的犯罪。

王宜强有一次在检查一座涵洞的时候，发现帽石施工不符合质量要求，他当即责令返工。

涵洞施工负责人是位领导干部的子女，他满不在乎地对王宜强说:"反正是埋在土里面的,又不影响使用,何必小题大做呢?"

王宜强一下子火了,他忽地脸一沉说:"怎么是小题大做?把你的耳朵割下一只来,也不影响你使用,你能干吗?"

王宜强又对大家说:"质量不合格,就是皇帝老子也要他返工。"

说得那位负责人满脸通红,他赶紧招呼人员扒掉重来。

因此,人们称王宜强是"黑脸包公"。

110米圆端形高墩和337米预应力混凝土连续梁线形控制,是花土坡特大桥施工的又一个大技术难题。

大家通过查阅大量技术资料,并经过多次现场攻关,开发出激光铅直仪定位、全站仪监测线型控制新技术,既减轻了测量人员的劳动强度,又大大提高了测量精度。

他们建成的所有桥墩,复测的上下误差率不到3毫米。

主桥预应力混凝土悬灌连续梁,是全桥施工的关键。

他们大胆采用整体式半自动挂篮、大坡度托架和110米高墩泵送混凝土等新技术、新工艺,攻克了大跨度预应力混凝土悬灌梁施工中常见的波纹管堵塞、张拉断筋、接缝错台等技术难题,所灌注成的连续梁体线条流畅,内实外光。

经测量,337米长的预应力混凝土连续梁,首尾高差不超过 3 毫米。

在大桥墩身施工和悬灌梁合龙的日日夜夜，王宜强和职工一起吃住在工地，并肩奋战。

职工们看着王宜强身穿钢腰围艰难行动，他们就都心疼地对王宜强说："指挥长，你就安心回去歇着吧，我们保证干好。"

王宜强执意不肯，他坚持和职工们一道施工，王宜强对职工们说："工期紧，任务重，我回去怎么睡得着觉呀。再说，多一个人就多一分力量嘛！"

职工们严格要求自己，每次桥墩立模时，模板上只要有一点灰尘，他们都要小心翼翼地用布擦去。对模板的几何尺寸，总是计算了再计算，校正了再校正，直到准确无误，再开始灌注混凝土。

因此，所有建成的桥墩一次成优，内实外光，个个是精品。

铁十七局在王宜强带领下，硬是提前 7 个月完成了花土坡特大桥主体工程。

大家在建筑工地上看到，新建成的花土坡特大桥桥墩上、山坡上，挂着职工们自己书写的一幅幅标语：

建千秋伟业，创国优工程
今天的质量，就是企业明天的市场
建亚洲之最，创华夏精品

花土坡是内昆铁路头号重点控制工程，桥长 678.55 米，一共有 15 个墩台。其中 8 号主墩高 110 米，为亚洲第一，世界第二，仅次于墩高 148 米的奥地利欧罗巴大桥。

2001 年 4 月 28 日，在全国劳动模范代表座谈会上，江泽民亲切接见了王宜强。

铁路施工与建设

修建昭通至威宁段

中铁十六局担负着内昆铁路迤那 1 号大桥施工，大桥建成后，分别被铁道部内昆指挥部和中国铁道建筑总公司内昆指挥部评为优质样板工程，这是开工以来全线唯一获此殊荣的大桥。

迤那 1 号大桥的创优，只是中铁十六局内昆铁路项目部力争工程质量全管段创优的一个缩影。为了确保创优，项目部明确提出要以"铁面无私、铁的手腕、铁石心肠、铁的纪律"的四铁精神抓质量。"宁严勿松、宁狠勿软、宁细勿粗、宁高勿低、宁恶勿罪"这 20 个字成了每一个现场技术干部的座右铭。

中铁十六局项目部领导在质量管理上以细著称，以严出名。

1999 年 11 月，韦昌云经理、李贵书记和陈炳祥总工在检查质量时发现有座大桥混凝土的配合比不够合理，水分过大，且捣固不实，桥墩外表粗糙。他们抓住这件事举一反三，以这座大桥的质量问题为重点，对该工区工程质量进行大检查。

第二天又召集全管区工班长以上干部开现场会，并组织所有工班长沿全局管区察看工程质量，现场挑毛病，当场解决问题。

这还不算完，局项目部还把原来建这座桥的施工队队长的职务挂起来，把队伍拆散后分到其他工点。调整队伍后，这座大桥建成了优质样板工程。

抓工程质量，既要有各级领导的铁腕管理，更要有现场管理人员和基层干部职工的自觉行动。

记者在中铁十六局内昆铁路工地采访时，听到一个新名词：旁站。

有人解释说：就是每个项目工程在实施关键工序时，现场管理干部和技术人员必须要在施工现场自始至终进行全过程监督，直到该工序完成后签字才能离开。

龙潭 1 号大桥 10 号墩进行钢筋绑扎时，有的地方间距不一，旁站现场的队长王济善要求作业人员必须调匀后才肯签字实施下一道工序。

因为钢筋密密麻麻，调起来实在麻烦，有的作业人员说："反正钢筋一根也不少，就是间距有些不匀，有啥?"

但王济善坚持不达到设计要求决不签字。建设单位现场监理韩云哲工程师不禁赞叹："施工队队长的质量意识这么强，没有搞不好的工程。"

筑路大军将铁路顺利修到威宁，大家知道，威宁是一个彝族回族苗族自治县，是一个海拔 2200 米的"老少边穷"地区，历史上从来没有通过火车，当地人们出行极为不便。

迎着开山的炮声，铁二十局建工处副处长兼项目经理刘先茂，把一块儿印有"拼搏四年，把威宁车站建成样板区"的牌子挂在办公室的墙上。

大家看到，地处县城东南郊的威宁车站，四面环山，沟壑纵横，更要命的是地质，看似坚硬的地表下面，是埋藏很深、柔软无骨的煤系软基。

施工时，要从软基中部穿过的188.64米的箱形涵，是全线第一长涵，该涵基础挖深达11米，施工难度大，技术复杂，科技含量高。

路基要跨越一条叫清水沟的小河，是流入"高原明珠"草海的主水源，容不得半点污染。要想在这泥沼子上建成一个集客站、机务折返、电力网接触工区等多种功能为一体的中等车站，并创样板区，谈何容易。

这对全体参战的干部职工，无疑是一个严峻的考验。

面对不利的形势，项目班子认为：只有不等不靠，主动出击，充分发扬敢为人先、吃苦奉献的精神，科学管理，精心组织，才能确保既定目标的实现。

为此，项目部党委及时召开了全体职工大会，教育全体职工认清形势、明确任务、增强紧迫感和使命感，要在战略上蔑视困难，战术上重视困难。

同时，党委还通过各种形式，积极宣传修建内昆铁路的重要意义，开展社情和民情教育，并和住地的回族、苗族、彝族等民族开展路地共建活动。

党委通过强有力的思想政治工作，牢固树立了全体职工"开工必优，全面创优"的思想，为施工的全面开展提供了坚强的保证和有利的内外环境。

项目部为了快速优质地建成箱形长涵和攻克软基处理，清除职工心中的拦路虎，专门成立了以总工陈远文为核心的科技攻关小组。

陈远文带领大家齐心配合，查找资料，认真研究，通过对多种方案的比较，因地制宜地对箱涵基础制订出了放缓边坡、分层、分段开挖的施工方案，从而形成了一个科学有序的施工循环。

这样既减少了投入，又易于稳定深达 11 米的淤泥，为大型机械展开施工创造了有利条件。

施工中，大家用两台挖掘机开挖，到设计标高后迅速抛填片石，打下基础，极大地提高了施工速度，只用了 3 个月时间，抢在雨季之前，完成了箱涵的施工，为大面积的软基处理赢得了时间，获得了上级领导和专家们的一致好评。

他们面对软基这一控制工期的咽喉工程，根据软基区域不同地段的地质特性，分别制订了塑料排水板与土工格栅相结合、振冲大口径沉管碎石桩和换填三种施工方案。

大家为了做到不重复、不窝工，让施工在作业面快速有序地展开，他们倒排工期，科学编排。

项目副经理刘文武吃住在工地，负责协调现场工序和各施工班组之间的关系，使施工各环节始终处于有效而及时的控制之中。

项目部为了确保工程质量，在完善项目质量管理体系的同时，他们着力全面推行 ISO9002 标准在施工中的严格执行，并成立了技术、质检、试验、材料相结合的质量领导小组，项目经理任组长。

领导干部在这场攻坚战中，始终以身作则，事事带头。

项目经理刘先茂，每天都上工地和大家一起组织施工。

有一次在施工中，刘先茂不慎摔倒，腰椎严重扭伤，起床都困难，但他还是放心不下工地，不顾大家的劝说，让人搀扶上车，到工地进行现场指挥。

项目党委副书记程春鸿，紧紧围绕施工生产，积极参与，超前服务，把职工的思想工作做到工地。

总工程师陈远文，在随时对各工序进行不断优化的同时，积极培训施工人员，仔细向工人讲解每道工序的操作。

全体干部职工在他们的感染下，士气高涨，信心倍增，工程进度不断加快，被二十局内昆指挥部评为"大干 120 天先进单位"。

修建威宁至草海段

铁十八局承建李子沟特大桥，这是内昆铁路重点难点建设项目。

李子沟特大桥位于威宁县观风海镇境内李子沟峡谷，建筑高度 161.1 米，主跨 5 孔连续钢构，联长 529.6 米，大桥全长 1031.86 米，共有 21 个墩台。

专家评价说，李子沟大桥是一座集深基、群桩、高墩、大跨、长联于一体的铁路桥梁。

在杜洪举指挥长的带领下，中铁十八局高质量地完成了承建李子沟特大桥任务，大桥在国内连续钢构铁路桥中名列前茅。

李子沟特大桥建成后，拥有了多项国内铁路桥梁之最，为 20 世纪我国乃至世界铁路桥梁的典范，被称之为亚洲第一铁路高桥，居世界第二。

李子沟特大桥还被评为年度中国建筑工程鲁班奖。

张景生在来内昆建设前，他没有想到，自己会成为世纪之交的西南现代"丝绸之路"内昆铁路昭通至六盘水南段十三局管段的指挥长。

十三局党委书记王治忠，用饱含信任的目光看着张景生说："局党委决定让你担此重任，完成这个跨世纪的伟大工程非你莫属！"

张景生兀立"乌蒙磅礴走泥丸"的乌蒙山顶提醒自己：你现在不仅仅是十三局党委副书记，而且是内昆铁路十三局管辖段的指挥长，你必须以百倍的勇气去面对困难，去拥抱太阳！

张景生和新一届领导班子奔赴全线搞实地调研，登乌蒙、住帐篷、查队伍、看设备、顶烈日、冒酷暑，日夜兼程走遍了全线每一个角落，一点点调查，一句句询问，一次次讨论，一项项具体实施决策。

张景生在头脑中，始终想着如何排兵布阵，夺取内昆铁路会战的头功良策。

张景生当过十多年的局干部部长，具有坚定的改革意识时代脉搏共振的超前思维理念，百折不挠的事业心，良好的领导艺术和宽厚待人的性格使自己的才能得以施展。

张景生时常这样说："我不敢说自己有什么特别之处，我没有做得最好，所以我在实践中努力改进自己，人人都有成功的可能，就像任何人都可能遭到失败一样。"

张景生坦言："我的幸运在于我信奉两件法宝，一是紧跟时代科技的步伐作出克敌制胜的正确决策，二是以人为本的现代企业管理模式。"

在管理经营中，张景生总结了 4 字企业文化思想，就是"诚""信""正""一"。

"诚"就是诚心实意，"信"就是信用为本，"正"

就是正当合法，"一"就是争当第一。

张景生常说："我们的队伍仍保持着铁道兵的光荣传统，特别能吃苦，特别能战斗，招之即出，来之能战，战之能胜，而且从不计较个人得失。内昆铁路大会战中之所以能一路遥遥领先，这与广大职工的顽强拼搏和无私奉献是分不开的，面对这些，我们没有任何理由对不起他们。"

在两年的大会战中，张景生始终坚持加强成本控制多节余一点，严格物资管理少浪费一点，规范施工少消耗一点，管理外包队少损失一点，多元化经营多创收一点的原则。

张景生还拨专款足额发放职工工资和奖金，就连个别队在其他项目欠的 40 万工资也都拨足兑现。

张景生指示保障部门，同时购进棉大衣 1000 件，棉服 300 件，棉皮鞋 500 双，东北大米 60 吨，分发给日夜战斗在施工一线的职工。

每当张景生到施工现场检查工作，职工们见到他总是饱含深情地说："张指挥长，还有这样艰难的工程没有，交给我们吧，我们保证高速优质提前完成任务。"

张景生和局领导看到乌蒙大山山高路险，平均海拔 2500 米，冬季气候寒冷。在开始施工时，就决定统一给各公司、队修建标准营房，并投入 7 万元购进卫星地面接收站 14 个，电视机 36 台，影碟机 14 台，台球桌 8 个，图书 2000 余册。

另外，张景生指示设立职工消费合作社和小商店 7 个，各公司投入资金设立了卫生所。每到夜晚住地灯火齐明，歌声飞扬，被当地人称为"点缀在崇山峻岭之中的现代化都市"。

1999 年 3 月，张景生听到人们反映，有的职工带着家属和孩子在候车室过夜。

张景生通过了解，知道原来是因住在招待所太贵，职工们为省钱才住在候车室，张景生这位刚强的东北汉子流下了热泪。

张景生回到指挥部，马上通知局指挥部通勤车和六盘水接待站，对工程队职工实行乘车住宿优惠，由局指挥部工会印发优惠券，共发放住宿优惠券 520 张，乘车优惠券 600 张，优惠金额达 3 万余元。

广大一线职工深受感动。在内昆铁路大会战中，十三局涌现出了"十大功臣"，是领导干部的先进代表；"十大标兵"，是 10 个行业的精英荟萃；"十大尖兵"，是一线职工的先进典型；"十朵金花"，是女职工中的巾帼楷模！

1999 年 11 月，某新闻采访团到内昆线采访，卯家岩 2 号隧道代表局里接受采访。职工们群情振奋，为迎接检查，连续奋战两昼夜。

但是，由于采访团时间仓促，没有能够全面参观，张景生为了安慰职工，待采访团离开现场后便徒步走到 500 余米的隧道掌子面检查指导，第二天又派局指挥部有关领导给队伍送去了黑山羊和烟酒等物品。

在场的职工紧紧地握住慰问人员的手含着热泪说："这些都是我们的本职工作，没想到张指挥长想得那么周到，我们一定好好地工作，让领导满意。"

张景生所做事虽小，但内含的情感深，这极大地激发了职工的积极性，1999 年该队创出了隧道月掘进 148 米的好成绩。

铁十八局负责朱嘎隧道进口段施工，朱嘎隧道长 5194 米，位于威宁彝族回族苗族自治县小海镇朱嘎村，是目前国内最长的瓦斯隧道。

大家修建朱嘎隧道，必须穿越总厚度达 265 米的煤层，瓦斯浓度为 5.4%。隧道位于喀斯特地质地貌带，断层纵横，溶洞、溶沟、溶槽密布。

战胜这些不良地质和灾害，是必须解决的难题。专家们称这是座"五毒俱全"的烂洞子。

这条隧道于 1998 年 6 月 30 日开工，由中铁二十局和中铁十八局分头施工。

施工部门为确保工程顺利进行，制订了科学的"全防爆、超前探、先抽排、勤检测、强通风、严管理、保安全"的施工方案。

中铁二十局先后举办了"瓦斯隧道施工技术与现场管理""机械设备操作使用"等专题班 28 期，并选送了 80 多名技术干部，专门到大专院校系统学习防爆、精测等知识。

二处副处长牟起明以过硬的专业知识和施工管理才能，在竞争中夺得了朱嘎隧道指挥长的职务。二处党委迅速组建了以牟起明为项目经理、尹家国为书记、李玉洁为总工的领导班子。

牟起明、尹家国从全处抽调业务尖子和管理能手，组建了以张传泗为总会计师、肖国兴为总经济师、高级工程师左兴旺为保障科长的管理班子。

一开始，朱嘎隧道就成了上至铁道部部长，下至二处每一个职工关注的焦点和热点。

大家都感觉到，高原空气稀薄，人烟稀少，在海拔2000多米的朱嘎山顶，别说干活儿，就是徒步走走，也要累得人气喘吁吁。

当时又恰巧是梅雨季节，到处都很泥泞。上百吨的工程材料，肩抬背扛进到工作面。大家不说苦，不说累，前面的累倒了，后面的冲上去，都打足了精神。

牟起明说："如果我们在朱嘎吃了败仗，就无颜见江东父老。"

二处处长胡平原对牟起明说："我们从强手中把朱嘎争来交给你们，你们一定要干出二处人的气派来。"

整个施工过程中，没有发生一起瓦斯爆炸和人员伤亡事故，并创下了在煤层施工日掘进12米的当时最高纪录。

铁十八局调集价值4000万元的机械设备，针对高瓦斯、大涌水、软弱地质的特点，组织技术力量进行科研攻关，成功地解决了高瓦斯隧道通风的难题。

大家一致认为，没有一流的管理就没有一流的质量。施工单位对朱嘎隧道的防火问题，有一个不成文的规定：全体工作人员和作业人员戒烟。

这下，把隧道口小卖部的老板害得叫苦不迭。

1999年4月12日下午，铁道部部长傅志寰来朱嘎隧道检查，一行人刚戴上安全帽准备进洞，安全员便拦住他们，要求交出香烟和打火机，否则不准进入。

傅志寰说："交吧！部领导也不许例外，统统交出来！"

看完隧道，傅志寰高兴地说："漂亮，太漂亮啦！好啊！你们干得好啊！"

副经理孙根斗外号人称"拼命三郎"，他的胃溃疡发作起来茶饭不思，彻夜难眠，每到此时，他就加量吃药，生怕耽误了工作。

领导含着眼泪看着孙根斗，派人强行将他送到医院检查住院。哪知孙根斗买了一大包药，一溜烟挤上公共汽车赶回了工地。

医生给孙根斗输液，他拔掉针头就进了隧道，晕倒在了作业现场。

杨仁干带领着尖刀队，在险象环生、瓦斯密布的隧道内苦干着。隧道内十多台大马力抽水机昼夜不停地向外抽水，但掌子面下的积水仍过膝盖。只要一停电，积水就会达到2米多深。

　　杨仁干他们迎着劈头盖脸的岩隙水，进行紧张的喷锚支护和围岩加固。一天中他们要换 3 次雨衣，可整个身体仍旧是湿漉漉的。他们月掘进达 308 米，赢得了"尖刀队"的先进集体殊荣。

　　钟选良经人介绍，与张宁一见钟情，他们原来把结婚日子定在"五一节"，但此时隧道正进入断层地带，钟选良天天蹲在掌子面工作，婚期一天天临近，而他却无法脱身。

　　钟选良和张宁又将婚期定在"国庆节"，但又恰好遇到设计院变更设计，钟选良是技术科长，他只好背起资料直到昭通，前后 40 天，婚礼又黄了。

　　为了钟选良的婚事，他的父母和亲友都很生气，张宁也十分委屈，偷偷地流过几次眼泪。最后，钟选良的家人替他们办好了婚前的有关手续和证件，一对新人没有穿婚装和婚纱，就在朱嘎隧道出口工地举行了简朴而热烈的婚礼。

　　机运队长郑志强和爱人史青云一同来到朱嘎，他们在这里一干就是两年，刚满 6 岁的女儿只好寄养在外婆家。工人们一天三班倒，郑志强却是连轴转，他曾带队员们苦战九天九夜，扫清了进洞路障。

　　郑志强 78 岁的老父亲突发脑出血住院，电报一封接一封发到工地，郑志强赶回去安顿好。第二天就是大年三十，家里人都盼他在家过个年，而郑志强却急匆匆地登车返回了工地。

郑志强原打算在路过西安的时候顺便去看一眼女儿，但他觉得时间太紧了，就打消了这个念头。

两年没见过郑志强夫妇的女儿给他们写信：

爸爸，我和外婆想见妈妈，我要上学，请妈妈快回来……

后面的话，被女儿的泪水湿得看不清了。

2000 年元旦，世纪钟声敲响的那一刻，海拔 2600 米的朱嘎工地沸腾了，工人们挥舞着安全帽，发狂地呼喊着、跳跃着，喜迎新千年的到来。

朱嘎隧道比预定工期提前 4 个月贯通。来观看庆祝典礼的村民人山人海，他们一大早就从 20 公里外的燕山村赶来看朱嘎隧道。

78 岁的老大爷陈思贤流着眼泪说："我们盼了几辈子啦，今天终于盼到了铁路，感谢共产党，感谢铁路工人啊！"

一名内昆铁路建设者说："在这里，我深切地体会到，没有路的民族是多么闭塞和苦难，没有路的土地是多么贫瘠和荒凉。在内昆指挥部驻地的贵州威宁县城，我看见房屋是那样的简陋和破旧，街道是那样的狭窄和肮脏，这里的人们很难感受到现代文明。在铁路沿线的山寨，我看见山民们居住在那样低矮的草屋，衣衫是那样的破烂不堪，一家人合盖一床被褥，一年四季只有一身单衣的家庭比比皆是。贫困和愚昧仍然像影子一样追随着他们。古老的乌蒙山仿佛还沉睡在一个幽深的梦中。"

罗跟年和郝润芝夫妻俩笑着说:"隧道通了,我们可以回家看看儿子啦!"

罗跟年是装载机司机,和郑志强一样,他们夫妻也是把儿子放在外婆家,就一头扎进了朱嘎工地。

郝润芝多少次在梦中呼喊着孩子的名字,醒来手捧着孩子的照片,禁不住失声痛哭。

有一次,他们好不容易拨通了孩子的电话,郝润芝却一句话也说不出来了。

在铁道部、中国铁道建筑总公司等有关部门的多次抽样调查中,朱嘎隧道质量合格率达 100%,优良率达 98.7%,被专家誉为我国隧道施工的成功典范。

威宁站至威宁北站的线路,需穿越国家自然保护区草海,全体干部职工发出口号:

不叫一滴污水流入草海,不让一抹绿色消失手中。

大家就连施工单位的营房,也设在了远离草海5公里的山坳里。铁路边坡的绿化也毫不含糊。完成一段,种植一段,内昆铁路已成为一条绿色长廊。

工程开挖产生的大量土、石、弃砟,均得到妥善处理。各承建单位不惜增加运费、人力，运送至 8 公里甚至 11 公里以外的合适地方堆放。不仅如此，各施工单位把弃渣取土场与当地的集镇、市场建设用地相结合，出现良好的双赢局面。

内昆线在建设过程中造福当地的还远不止于此。他们把修施工便道与地方解决村村通公路结合起来，仅威宁彝族回族苗族自治县新建和改建的便道就达 300 多公里，解决了原不通公路的 19 个村的通路问题。

他们还把施工建的临时水池与解决山区人畜饮水相结合，租房与建房相结合。

他们为了防止污染河水，还不惜增加了 6 万元的运输成本，将弃土场改移到远离河流 600 多米远的山头的后面。

工作之余，项目部领导还经常向居住在清水沟两岸的职工进行各种形式的环保教育，在职工住地，把所有的生活垃圾都进行了深埋。

工地上，大家看到的是鲜艳醒目的彩旗标语，苍翠的树木，潺潺的流水，整洁的环境。

修建草海至梅花山段

内昆铁路到达威宁县草海镇下坝村时，是沿距县城 1 公里的下坝清真寺北侧而过。

大家了解到，下坝清真寺始建于明代。下坝，为黔西北及滇东北、滇中、滇南回族下坝马姓的发祥之地。

有当地人说，明初，下坝马氏从西安府城内迁居于此，至清朝已繁衍为名门望族。清顺治十六年至康熙二年，乌蒙山地区经堂教育家刘吉阿訇在此寺住持。

刘吉在下坝清真寺掌教时，带人从云南移来 4 株匾柏栽种在下坝清真寺中。

清康熙四十三年（1704 年），威宁镇总兵、甘肃平凉庄人韩忠倡议增修明经楼、训经堂和教拜楼。当时立有碑石两件，一是《吾教规程》、二是《下坝清真寺碑序》。

1923 年，陆军中校刘镇坤赠送下坝清真寺"清真流行"木匾一块和虎云彪赠送"乾元资始"木匾一块。

大家看到，其中的"乾元资始"匾仍悬挂于大殿门上，而"清真流行"匾现仅剩一个字和落款了。

1927 年，下坝清真寺被国民党军队烧毁。1930 年由马尊鸣、马尊府承头，各地回民捐资献粮重建，1936 年竣工，同年，县长陈怀珍提议设学于内。

1985 年，县政府拨款维修。砖木结构，由朝真殿、教拜楼、左右厢房构成，为四合院瓦房，建筑面积 356 平方米，占地 490 平方米。

20 世纪 90 年代，马永志等承头翻修教拜楼，为 4 层混凝土平房。2002 年，马仲慈阿訇等人到云南沙甸、鲁甸和海南等地挂功德，当地穆斯林捐资，新建二层砖混结构平房教拜楼和水房、火房，建筑面积 720 平方米。

至此，清真寺占地共 1800 平方米，辖穆斯林 2150 多人。

内昆铁路一天一天接近了梅花山。

一天 7 时，铁十一局内昆铁路工程的常务副指挥长荆山乘坐的"沙漠野狼"越野吉普车加足马力，冲向海拔 2600 米的乌蒙山脉的梅花山。

这条通往冷家坡 1 号隧道的施工便道，是两天前才修好的。坑洼不平而又狭窄的路面使"沙漠野狼"如同一艘行驶在风浪中的小船，强烈的震荡和颠簸使荆山不得不使劲儿地攥紧扶手。

一个半小时后，"沙漠野狼"终于驶近冷家坡 1 号隧道。此刻，同样是在全线重点、难点工程乌家坪 1 号大桥施工的工人们，正焦急地等待着荆山。

"沙漠野狼"刚停在大桥开挖的基坑边，工人们就围上来了。原来，前一天他们在开挖大桥基坑中，发现下面有溶洞，深不可测，这在设计资料上没有。由于通信不便，工人们在火烧眉毛一样紧迫的工期面前不得不停

铁路施工与建设

工等待处理方案。

荆山心里明白，即使设计院的专家赶到现场，也要将溶洞爆开才能探明真实情况。而远在成都的设计院派人最快赶到工地也要 3 天时间。

时不我待！荆山和建安处总工程师欧阳平等人组成现场处理小组，决定爆开溶洞口。

随着一声沉闷的爆炸声，基坑内掀开 5 米的大口子，有人拿竹竿伸进去，足有 7 米深。

荆山果断决定，将基坑柱开挖超出原计划程度后，随时观察，采用钢筋锚固灌注混凝土砂浆，确保大桥基础坚于磐石。因为这座大桥高 70 米，为铁十一局施工史上最高的桥。

荆山在工程队草草地吃完中饭，他便让司机把车停在山脚下，徒步攀登了约 1 公里山路，来到杨柳井山坡。

荆山看到，这里是内昆引入线，与贵昆线平行。要削掉 160 米长、32 米高的半座石山，而开挖面与既有线最近距离不足 3 米。

荆山当即责令杨柳坡工点负责人，在已经搭建的杉木防护栏中再搭建一道防护栏。两层都用弹性传送胶带缠上，确保爆破施工的万无一失，并限定了整改的具体日期。

当晚，荆山分别到几个夜晚加班的工点督战。

这是荆山率队征战内昆以来平平常常的一天。所不同的是这天是万家团圆的中秋节。数千里之外的妻儿只能举头望月，猜想着他忙碌的情形。

2001年7月30日，内昆铁路梅花山至昭通段顺利完成铺轨架桥任务，标志着内昆铁路铺轨已进入最后冲刺阶段。

大家回忆几年的辛苦，虽然面对艰苦的条件，但是铁路建设者前进的脚步没有停歇过。

大家感谢西南三省各族人民对他们报以质朴的微笑，铁路修到哪里，哪里的人民杀猪宰羊，奔走相告，欢欣鼓舞。

当老百姓处在辛苦耕耘的庄稼和修建铁路需要征地的选择中时，他们忍痛说："你们推吧、砍吧，为了内昆铁路，我们什么都舍得！"

"牵铁龙立乌蒙磅礴志，建内昆融高原人民情。"这副对联道出了筑路大军的胸襟与追求。

当年，铁十三局四处在贵州威宁县炉山镇尖山村设立指挥部，尖山村地处内昆线旁梅花山上，全村难找一块平地。

建设者好不容易找到一块500平方米的平地，但当时遇到有5座村里的坟需要拆迁的情况。

炉山镇镇长找到坟主，办理了迁坟手续。但是，第二天，村子林氏家族的80多人找到镇长，质问他，家族的规矩是"有饭吃不改门，有子孙不迁坟"。如果是你家的坟，你迁不迁？

这位镇长回答："我是本地人，国家建设需要迁我家的祖坟，我没二话，保证比你们迁得快。"

林氏家族的人终于在 10 天的期限内迁走了坟墓。

内昆铁路附近的村民虎恩成，正在勾画着自己未来的美好生活。1998 年，他多方筹资买来东风车跑运输。他认为，内昆铁路开通后，随着物资的流动，他的汽车利用率也将会提高。他说："我还打算在这儿开个店，政策好，机遇好，就多赚点钱。"

昭通市郊另一个名为邓家院子的村庄也在酝酿发展，昭通火车站将从该村庄边穿过。

71 岁的邓大爷站在车站旁，满面笑容地望着一辆渐渐远去的机车，他说，自己活了 70 多年，见火车还是头一遭。

当然，他对内昆铁路即将带来的实惠并不仅仅局限于欣赏火车，他有 4 个孩子，有的种田，有的在沙场打工。

邓大爷说："我打算叫两个儿子和我一块做点小生意，我带一个儿子卖盒饭，另一个儿子卖食品和小百货。"

四、铁路通车与改造

- 朱镕基批示：内昆铁路建设，条件困难，工程艰巨，4 年完成，实属不易，铁路职工厥功至伟，尤其对促进云南经济、社会发展，帮助民族地区脱贫致富，作用巨大。

- 吴邦国也做了批示：内昆铁路的建成开通，对完善西南地区路网结构，促进西南地区经济发展和社会进步具有重要意义。

- 傅志寰说："内昆铁路全线铺通以后，希望大家再接再厉，团结奋战，确保实现 2002 年 6 月全线电气化一次建成开通的目标，为西部大开发再立新功！"

举行铁路通车典礼

2001 年 9 月 19 日，铁道部和云南、贵州、四川省联合在昭通隆重举行"内昆铁路全线铺通典礼暨确保开通动员大会"。

金秋的昭通阳光明媚，天气格外明朗，昭通火车站热闹非凡。

一大早，成千上万的各族群众，或者骑着自行车，或者骑着摩托车，甚至打的，赶往昭通火车站，等待庆典的隆重举行。

刘芬姑娘在昭通方队中。她为了参加庆典仪式，提前一个星期就早早备好了新衣服。刘芬穿戴整齐，兴奋地站在骄阳下，心里充满了欣喜。她说："来之前，铁路是啥样，钢轨怎么铺，我一概都不知道。今天终于看到了一切，能亲眼看见庆典，是我一生中最难忘的事。"

王正学老大爷天没亮就出发，他来到个山坡上占了个好位置，他对大家说："这会火车一通，再不用愁我的蔬菜、水果卖不出去烂掉了。"

农村青年薛兴良看着开来的火车，高兴地说："今天真是个好日子。"

残疾女青年李花花在昭通城经营裁缝店，她对大家说："咱昭通人从来没有见过火车是啥样，现在终于要看到真的火车了。"李花花虽然身体不太灵便，但她还是用拐杖使劲儿地支撑着身子，听着现场喇叭里发出的声音，她在那里激动得哭了。

铺轨仪式开始了，蔡庆华一声令下：接轨开始！

中铁二局、中铁十一局的铺架队伍铺下最后一节轨排。

立时，全场沸腾了，响起了喜庆的乐曲声、鞭炮声和火车风笛声。

铁道部部长傅志寰、中共云南省委书记令狐安、贵州省人大常委会副主任杨谨华、四川省省长助理王怀臣为最后一节轨排拧紧最后4颗螺钉，内昆铁路成功诞生在乌蒙群山和苗岭之间。

建设者们高声欢呼："内昆铁路铺通啦！"

10时30分，铁道部蔡庆华副部长宣布："内昆铁路全线铺通典礼暨确保开通动员大会开始！"

铁道部部长傅志寰讲话道：

在举国上下满怀喜悦迎接新中国成立52周年的时候，内昆铁路今天全线胜利铺通了。这是铁路建设者奉献给祖国生日的一份厚礼，也是云、贵、川三省人民热切盼望的一件大喜事。

首先，请允许我转达朱镕基总理对广大参建职工和沿线人民群众的亲切问候！代表铁道部向全体参建干部职工表示热烈的祝贺！向关

心支持内昆铁路建设的云、贵、川三省领导及
沿线政府和人民群众表示衷心的感谢!

傅志寰还说,内昆铁路全线铺通以后,实现全线电
气化开通的任务还很艰巨。希望大家再接再厉,团结奋
战,全面完成建设任务,确保实现 2002 年 6 月全线电气
化一次建成开通的目标,为西部大开发再立新功!

2002 年 5 月 12 日,西南地区人民期盼已久的内昆铁
路全线开通运营。

这条凝聚着云、贵、川三省人民百年期望的南下出
海快捷通道,经过广大建设者 4 年的拼搏奋战,提前两
个月胜利建成通车。

时任中共中央政治局常委、国务院总理朱镕基对内
昆铁路开通作出重要批示。朱镕基的批示是:

内昆铁路建设,条件困难,工程艰巨,4 年
完成,实属不易,铁路职工厥功至伟,尤其对
促进云南经济、社会发展,帮助民族地区脱贫
致富,作用巨大。敬表祝贺。

时任中共中央政治局委员、国务院副总理吴邦国也
做了批示:

内昆铁路的建成开通,对完善西南地区路

110

网结构，促进西南地区经济发展和社会进步具有重要意义。广大建设者在地势险峻、地质复杂、工程艰巨的情况下，克服困难，艰苦奋战，实现了4年建成开通运营的目标，向全体参建职工表示祝贺和感谢。

希望你们再接再厉、加强运营管理，提供优质服务，保证安全运输，为实施西部大开发战略和促进国民经济发展再立新功。

铁道部部长傅志寰、贵州省委书记钱运录在典礼上讲话。铁道部副部长蔡庆华主持典礼。

贵州省省长石秀诗，中国国际工程咨询公司董事长屠由瑞，铁道部总工程师王麟书，贵州省副省长刘长贵、陈大卫及国家计委、国家开发银行、铁道部和云、贵、川三省有关领导同志出席。

云南省常务副省长牛绍尧、四川省副省长邹广严也分别在典礼会上讲话。

参加典礼的还有内昆铁路设计、施工、建设、监理单位负责人，参建单位职工代表和六盘水市及沿线各地党政负责同志。

当天上午，凤凰山下的六盘水南站彩球腾空，红旗飘舞。"加快铁路建设步伐、促进西部经济发展""建设大通道、开发六盘水"等巨幅标语分外醒目。

当地上万群众载歌载舞，欢庆内昆铁路通车这一大盛事。

9 时 30 分，典礼正式开始。9 时 50 分，铁道部和三省领导同志为通车剪彩，成都铁路局局长齐文超下达发车令，28016 次列车披红挂彩，缓缓驶出车站，汽笛长鸣，震撼山谷，宣告中国西部地区建成又一南下出海的钢铁大动脉，实施西部大开发战略取得又一重要成果。

内昆铁路是国家重点工程，全长 872 公里，穿越云、贵、川三省，广大建设者顽强拼搏，不辱使命，取得了工程质量好、进度快、投资控制严格、社会效益显著的佳绩，提前实现了开通目标。

傅志寰在讲话中指出：建设内昆铁路，是党中央、国务院为加快西南地区经济发展作出的重要决策。它的建成，对于完善西南地区路网结构，改善沿线交通状况，加快沿线人民群众脱贫致富，促进西南地区经济发展和社会进步，具有重要意义。他希望各参建单位再接再厉，一鼓作气，抓紧完成收尾配套工作；运营单位要充分发挥内昆铁路的经济效益和社会效益，为落实西部大开发战略，促进国民经济持续、快速、健康发展作出新的贡献。

钱运录在讲话中指出：

内昆铁路建设，是在党中央、国务院的亲切关怀和正确领导下，国家计委、铁道部等有

关部委大力支持和云、贵、川三省通力合作的
结果。是铁路建设单位广大干部职工、沿线各
级党委政府和各族群众团结拼搏、艰苦奋斗的
结果。

　　内昆铁路的全线开通，对推进西部大开发
战略的实施，开发沿线矿产、旅游资源，促进
西南地区区域经济发展具有重要意义。是沿线
各族人民的希望之路、脱贫之路、致富之路。

　　贵州各族人民要抓住内昆铁路全线开通的
大好时机，促进攀西——六盘水地区资源开发，
努力把资源优势转化为经济优势。

　　我省沿线各级党委、政府和各族群众，要
为内昆铁路的开通运营创造良好的社会环境，
充分发挥内昆铁路的经济效益和社会效益。

牛绍尧、邹广严在讲话中均表示：

　　将依托内昆铁路，促进沿线资源开发，推
进经济社会发展。

内昆铁路建设指挥部指挥长张洮汇报了铁路建设
情况。

成都铁路局局长齐文超代表营运接收单位发言。

2003 年 10 月 15 日，内昆铁路国家验收委员会在贵

阳正式通过对国家"九五"重点建设工程内昆电气化一级铁路干线的竣工验收，将内昆铁路正式交付成都铁路局运营管理。

专家盛赞内昆铁路

2001 年 9 月上旬，铁道部内昆铁路建设指挥部的负责人明确说：

环保是内昆铁路的第一大特色。

铁道部内昆铁路建设指挥部指挥长张洮，在北京全国纪念水土保持法颁布 10 周年大会上，以"功在当代，利在千秋"为题，做了长篇发言。张洮是作为特邀代表，专门就内昆铁路的环保问题发言的。

2001 年 5 月，云南省人大常委会视察组在一份专门报告中称：

内昆铁路是省人大常委会所视察的各条交通道路建设项目中，《水土保持法》贯彻得最好的一个工程。内昆铁路为云南交通道路建设认真贯彻《水土保持法》树立了好榜样。

专家们都说，内昆铁路拥有 3 个第一：内昆铁路是新中国成立以来新建铁路项目中第一个在开工时水土保持方案就得到正式批复的项目；是第一个在设计概算中落实水土保持费用的项目；是第一个水保工程与正式工程同时实施的项目。

水利部权威人士曾精辟地指出：开发建设项目，认真执行水土保持设施必须与主体工程同时设计、同时施工、同时投产使用的规定，是贯彻执行《水土保持法》的关键。内昆铁路在这方面作出了表率。

党和国家领导人多次指示要加快内昆铁路建设，并批准成立铁道部与云、贵、川三省领导及国家有关部门负责人组成的内昆铁路建设领导小组，研究解决铁路建设中的一系列重大问题。

据草海当地环保部门的人说：内昆铁路没有修建前，每年从青海湖飞到这里越冬的国家一级保护动物黑颈鹤有四五百只。1998 年，内昆铁路动工修建以来，由于地方和铁路部门都很重视环保，近几年来，黑颈鹤的数量不但没有减少，反而一年比一年增加，最多时达八九百只。从 1999 年起，威宁彝族回族苗族自治县还成功地举办了两届"中国贵州国际观鸟节"。

建设内昆铁路是党中央、国务院为加快西部地区经济发展而作出的重要决策，对改善沿线交通落后状况，完善西南路网布局，促进西南地区经济发展，增强民族团结具有重要意义。

作为文明施工的标志，内昆铁路的环保工作已经走在全国前列：全线 1022 万立方米的工程弃砟，铁路职工全部都没有弃入河谷，而是采用了各种工程措施，予以集中处理。

施工单位有了隧道弃砟，他们宁可用汽车拉到 20 公里以外的山顶，也不随便倾倒在河中。铁道部内昆铁路建设指挥部因此领取了"全国水土保持先进单位"的奖状。

为保持大气洁净，设计中全线不设置一台燃煤锅炉，铁路边坡采取拱形骨架内种草籽护坡，保持水土；无缝长钢轨隔声墙设计，减轻噪声危害。

云南省人大常委会作出这样的评价：

> 内昆铁路建设中"四个结合"是很好的经验，它最大限度节约了土地资源，减少了投资浪费，保护了生态，造福于人民。

内昆铁路沿线地形及地质构造复杂，线路纵贯金沙江、乌江与北盘江的分水岭，沿川、云、贵结合部的乌蒙山区顺横江、洛泽河而上，七跨横江，三跨洛泽河。线路高程由海拔 300 米升至 2300 米，桥隧总长 191.62 公里，占线路总长的 53.4%。

国家交通设计专家说，内昆铁路复工建设，不仅扶贫意义重大，从路网建设和经济发展上讲，也具有重要的战略意义。

云南水富县是个只有 8 万人的小县，据当地政府统计，1999 年上半年以建材工业为主的乡镇企业产值，比上年同期增长了 58.4%。明显可见铁路建设的拉动作用。

铁路建设还带动了山民观念的转变：水富县两碗乡三角高山的苗族老乡，过去老死也不肯下山。铁路建设队伍开进两碗乡以后，苗族人也纷纷下山学着汉人做生意了。

与铁路开工时相比，集镇上新楼多了，商店和饭店多了，靠公路的居民家家户户几乎都竖起了有线电视接收器。

经济专家认为，内昆铁路的战略意义，首先是打通了黔煤入川的新通道。

四川是耗煤大省，煤炭资源尤其是优质煤炭资源不足，而毗邻的贵州则是"江南煤海"。黔煤入川，运距只有"山西"煤炭入川的三分之一至四分之一。

铁路一通，云南农民急需的化肥不仅将缩短一大半的运距，运费也将大大降低。

同样，铁路通车后，云南、贵州的货物通过内昆线到四川宜宾港下水，也方便了长江和铁路的水、铁联运。

本书主要参考资料

《国史全鉴》本书编委会编 团结出版社

《共和国五十年珍贵档案》中央档案馆编 中国档案
  出版社

《中国现代史资料选辑》彭明主编 中国人民大学出
  版社

《铁道兵回忆史料》编审委员会编 解放军出版社

《三线建设铸造丰碑》王春才主编 四川人民出版社

《铁道兵不了情》宋绍明主编 解放军文艺出版社

《穿越大裂谷》王春才主编 四川人民出版社

《百年梦圆》杨永寿著 云南民族出版社

《邓小平与中国铁路》孙连捷著 中共中央党校出
  版社

《决战大西南》中华人民共和国铁道部主编 中国铁
  道出版社